KB073939

역병의 바다

역병의 바다

김보영

＊

차례

✳

역병의 바다..7

✳

＊

대통령 각하께

(중략)

각하, 이 편지가 과연 각하께 전해질 수 있을지 모르겠습니다.

하지만 저는 누구든 그날 그 마을에서 제가 목격한 일에 관심을 기울여줄 수만 있다면, 지치지 않고 편지를 쓰고자 합니다.

지금도 그날 밤만 생각하면 갈퀴 같은 손이 제 심장을 쥐어짜는 듯하고, 피가 말라붙고 숨이 턱턱 막힙니다. 지옥이 아가리를 벌리고 저를 집어삼켜 우

＊

적우적 씹어대는 듯합니다. 저는 밤마다 꿈속에서 그 어촌으로 되돌아갑니다. 생선 비린내가 진동하는 어 두컴컴한 골목길에서 다시는 떠올리고 싶지 않은 무 시무시한 괴물들에게 밤새도록 쫓기다 처참한 아우 성 속에서 깨어나곤 합니다.

저는 매일 어제보다 더 쇠약해졌다는 절망 속에서 아침을 맞이합니다. 앞으로 제가 얼마나 더 살 수 있 을지 모르겠습니다. 하지만 저는 멈출 수가 없습니 다. 그날의 진실을 세상에 알리기 전까지는….

○○대학 생화학 박사
대한감염학회 연구위원
동해병자 국고보조사업 예산자문위원
오래된 종족으로부터 인류를 지키는 지식인 모임 대표

하우진 올림

프롤로그

✴

　새벽녘 청량리역 대합실은 승객의 것이 아니다. 노숙자들의 숙박 시설에 가깝다. 개찰구를 향해 일렬로 정렬된 의자는 이들로 겹겹이 채워져 있다.

　하나같이 여러 겹의 옷으로 몸을 둘둘 말고 숨소리조차도 없이 누워 있다. 남자인지 여자인지 알아보기도 힘든 누군가가 목도리와 털모자로 얼굴을 칭칭 감싸고, 그 뒤에 다시 이불로 말고, 다시 그 위를 비닐로 한 번 더 감싸 테이프로 고정해놓고는 오뚝이 인형처럼 앉아 있다. 제 살갗 어느 부위든 이 엄혹한 세상에 노출시키지 않겠다는 결연한 의지마저 느껴진다. TV에 시선을 두는 듯도 하지만 눈에는 담기는 것

✴

이 없다.

동녘이 어스름하게 밝아오자 인파가 하나둘씩 모여들고, 노숙자들은 지우개로 지워지듯 모습을 감춘다. 화사한 빨강 분홍 패딩을 입고 꽃무늬 모자를 쓴 노중년들이 색동 캐리어를 끌고 모여들어 웃음꽃을 피운다.

역 바깥에는 오늘도 성실한 전도사들이 출근해 자리를 잡는다. 시뻘건 고딕체로 "가족과 친구의 목 뒤를 살펴보아 사탄의 징표 666을 확인하라" "심판의 날이 오면 14만 4천 명이 부름받아 들려 올라가니" 따위를 빼곡하게 쓴 입간판을 세우고, 언제부터 쓰고 있는지 모를 확성기와 카세트라디오를 들고, 이제 막 자리를 걷어 퇴근하는 포장마차 주인과 다정하게 인사를 나누며 자리에 앉는다. 심판의 날짜는 얼마나 지우고 새로 썼는지 그 부분만 나무가 삭아 있다.

나는 아까부터 내 한 칸 건너편 자리에 앉은 여자에게 신경이 쓰였다. 모르는 사람을 힐끔거리는 것이 예의가 아닐 터인데도.

피부색이 짙은 여자였다. 베트남이나 동남아 어디 혼혈이 아닌가 싶었다. 나이는 삼십 대 중후반으로 보였고 얼굴은 예쁘장했다. 하지만 지나는 개미 한 마리마저도 자신을 공격해 해칠 수 있다는 듯이 온몸의 털을 촘촘히 세우고는 움츠러들어 있었다. 그에 비해 옆에 허벅지를 쩌억 벌리고 자리를 세 칸은 차지하고 앉은 스무 살은 더 늙은 남자의 얼굴에 두덕두덕 붙은 심술이 유난히도 마음에 걸리는 것이었다.

"이모, 이모. 이것 봐…. 이 물고기 웃기게 생겼어."

내 가랑이 사이에서 현이가 스마트폰을 높이 들어 흔들며 말했다. 잠투정을 하며 대합실 바닥에 엎어지고 뒹굴고, 연체동물처럼 늘어지기를 한참 하더니, 폰을 쥐어주니 겨우 진정하고 유튜브를 돌며 놀던 참이었다.

심해 다큐멘터리인 듯했다. 하얀 유기 물질이 눈처럼 내리는 검은 바닷속을 아귀가 떠다니고 있다. 아귀의 눈은 툭 불거져 있고 입에는 칼처럼 날카로운 이빨이 사방팔방으로 돋아나 있었다. 몸은 풍선처럼 두툼하고 피부에는 오돌토돌한 돌기가 돋아나 있었다. 배 밑에는 암컷의 영양을 빨아먹는 자그마한 수컷이 매달려 있었고, 수컷은 머리 부분이 이미 반쯤 녹아 붙어 거의 암컷과 동화되어 있었다.

✳

"얘 왜 이렇게 못생겼어?"

현이가 반짝이를 붙인 손톱으로 화면을 톡 찌르며 물었다.

"심해는 아아주 깊어서 거기선 아무것도 안 보이거든. 거기선 아아무것도 안 보이니까, 서로가 어떻게 생겼는지 안 보이거든…. 안 보이니까 예쁠 필요가 없지."

웃길 게 하나도 없는데 현이는 내 말투와 손동작만으로도 까르륵 구슬 굴러가는 소리로 웃었다.

"좋겠다아."

현이가 한숨을 쉬며 말했다.

"뭐가 좋아?"

현이는 답하지 않고 바닥에 드러누워서 레이스와 리본이 주렁주렁 달린 분홍색 원피스를 바닥에 비볐다. 머리에는 큰 리본이 달린 빨간 머리띠를 차고, 어깨까지 내려오는 머리를 스트레이트 파마를 하고 분홍색으로 끝에 부분염색도 했다. 여행지에서 사진이 예쁘게 나와야 한다고 어제 미용실에서 몇 시간이나 다듬은 머리였다. 나는 현이의 뺨에 얼굴을 비볐다.

"엄마랑 아빠 출장 다녀와서 내일 기차로 오실 거

야."

"오지 말라 그래. 나 이모랑 둘이서 놀래."

"그럼 나더러 숙박비며 식비 덤탱이 쓰라고?"

"덤탱이가 뭐야?"

까똑, 하고 주머니에서 알림이 떴다. 카톡을 열어 보니 언니의 메시지가 넘치도록 쌓여 있었다. '10시에는 영어 유튜브 틀어줘. 시험 봐서 틀린 수대로 맞는다 그래.' '길거리 음식 절대로 먹이지 마. 우리 애 안 그래도 위장 예민한데 기생충 옮아.' '도착해서 사랑병원에 연락하는 거 잊지 말고. 우리 남편 고등학교 선배가 거기 원장이잖니. 혹시 애 물 갈아먹고 배탈이라도 나면 연락해야 하니까.' '참, 두 시에는…' 까똑, 소리가 한 번 더 들리자 나는 화들짝 놀라 허둥지둥 알람을 껐다.

"엄마가 뭐래? 또 미친 소리 하지?"

"…엄마한테 그런 소리 하는 거 아냐."

"안 오면 좋겠다아."

현이가 옆에서 내 허리를 답삭 끌어안았다. 나는 현이의 등을 토닥였다.

"좀 귀찮아도 어른 될 때까지 잘 버텨봐."

"버티면?"

"음…. 사업한다고 부모님한테 돈을 뜯어내서 탕진해버린다든가, 아니면 유산을 미리 받아내고 해외로 뛴 다음에 네 이모를 경호원으로 고용해서 연금을 주며 산다든가…."

"탕진이 뭐야?"

그때 아까 옆자리에 있던 여자가 비닐봉지를 한 아름 양팔에 매달고 허겁지겁 달려와 앉았다. 여자가 오뎅과 김밥을 주섬주섬 풀어내는데, 아무래도 남편은 가져온 음식이 마음에 들지 않는 듯했다. 자기가 오늘 피곤하고 기분이 나쁜 건 아내가 뭔가 자신에게 악의를 갖고 세상을 뒤에서 조종하기 때문이라고 믿는 얼굴이다.

여자가 방긋방긋 웃으며 김밥을 젓가락으로 집어 남자의 입에 넣어주려는 찰나, 뻑, 하는 소리와 함께 남자의 주먹이 여자의 관자놀이를 강타했다.

나는 벌떡 일어났다. 색동옷을 입은 여행객들도 놀라 돌아보았다. 남자는 '이런, 바깥인 걸 잠시 깜박했군' 하는 듯 땅에 침을 탁 뱉고는 딴청을 피웠다. 마치 제가 생각을 지우면 주변 사람들 머릿속에서도 지워진다고 믿는 듯이.

여자는 순식간에 빨갛게 부어오른 관자놀이를 붙들고 주변 눈치를 살피며 어색한 웃음을 날렸다. 맞은 것보다 남들 다 보는 데서 맞은 게 더 창피한 얼굴이었다. 그리고 '아니, 집안일을 이렇게 다 보이는 데에서 하면 어떡해요' 하는 원망스러운 표정까지 비쳤다. 방금 일어난 일이 기억에 남아 있지 않았더라면 뽀뽀라도 했나 착각할 뻔했다.

여자는 시선이 불편했는지 고개를 푹 수그리고 화장실로 향했다. 나는 현이를 자리에 놔두고 일어나 뒤를 쫓았다. '내가 뭘 하는 거야.' 나는 생각했다. 이 사람은 최선을 다하고 있겠지. 모든 것을 해봤겠지. 우연히 옆을 지나가는 낯선 사람이 떠올릴 만한 것은 다 해봤겠지.

나는 화장실 문밖으로 도마뱀 꼬리처럼 삐죽 늘어선 줄 끝에서 여자를 붙잡았다. 여자는 범죄라도 저질렀다 잡힌 얼굴로 기겁하며 나를 돌아보았다.

"아, 저기."

망했다, 망했어. 나는 생각했다. 이제 욕설 들을 일만 남았네. 누구세요, 네가 뭔데 참견이세요, 남 일에 상관하지 마시죠, 웃기는 짬뽕짜장팔보채셔.

"제가 경호 회사 다니는데요."

나는 지갑에서 명함을 꺼내 여자의 손에 꼭 쥐어주
었다.

"필요하면 연락주세요. 우리 회사에 변호사도 있고
상담사도 있고, 연결된 업체도 많고 전문가도 많아
요. 그냥 심심풀이로 연락해도 되고."

여자는 명함을 가만히 들여다보았다. 화를 내거나
욕설을 퍼붓지도 않았다. 대신 나를 머리에서부터 발
끝까지 살폈다.

"경호원 하세요?"

깨끗한 말씨였다. 외국인은 아닌 듯하고, 2세가 아
닌가 싶었다.

"어릴 땐 전국체전도 나갔고요. 아마추어 육상선수
도 해봤고⋯."

"제 남편은 배를 몰아요."

자기소개 시간이라고 생각했는지 여자가 말했다.
나는 '아, 저도 소싯적에 소형선박 자격증 따려고 공
부한 적 있는데⋯' 같은 시답잖은 대화가 이어질 뻔
하려는 걸 꾹 참았다. 나는 여자가 짬뽕짜장을 떠올

리기 전에 서둘러 자리를 떴다. 뭐, 또 모르는 일이지. 이게 계기가 되어서 우리 회사는 아니라도 동네 파출소에라도 연락할 마음을 품을 수도 있고, 사람 일 모르는 거잖아.

자리에 돌아와 앉으려는데 어째 주위가 어수선했다. 전화하는 사람이 갑자기 많아졌는데 표정이 싸늘하고 말이 다급했다. 역무원들이 사무실에서 나와 돌아다녔다. 표정이 좋지 않았고 허둥지둥했다.

"이모, 이모한테 자꾸 전화 와."

현이가 내 점퍼를 꾸깃꾸깃 뒤지며 핸드폰을 꺼냈다. 안을 들여다보니 전화가 아니라 재난문자였다.

그때 TV 화면이 바뀌었다. 아침 토크쇼 대신 철썩이는 동해 바다가 화면에 나타났고, 속보 자막이 다급히 화면 아래로 흘러갔다.

'동해안 해원항 10킬로미터 지점 강도 6.2 지진…. 역대급 / 주민 대피령 / 여진 가능성 / 수온 급격 상승 / 해저화산 분출 가능성 / 해상에 나간 선박 모두 귀항 조치.'

"오늘 우리 가는 데다!"

현이가 화면을 가리키며 소리쳤다. 그와 동시에 전

광판에 강릉행 탑승 안내가 떴다. 사람들은 수군거리면서도 개찰구를 향해 관성적으로 발을 뗐다. 다른 경고 방송이 나오거나 제지하는 사람은 없었다. 아마 그저 아직 뭔가 조치를 취할 만한 시간이 없었을 뿐일 것이다.

"빨리, 빨리 가자, 이모."

현이가 내 바지를 잡아당겼다.

"꾸물거렸다가 기차 멈추면 우리 못 가. 빨리 가자."

예기치 못한 일에는 생각이 느리게 움직이기 마련이다. 나는 자석에 끌려가듯 폴짝거리는 현이 뒤를 쫓았다.

애, 기다려야지.

나는 언니 부부가 온갖 것을 쑤셔 넣은 거대한 캐리어 두 개를 양손에 잡고 종종걸음으로 뒤를 따랐다.

나는 나중에 계속 그 순간을 떠올리곤 했다. 그때 현이를 잡았더라면 설득했을 거라고. '현아…, 무슨 일이 났나 봐. 다음 차 타자.' 하지만 현이는 그걸 아는지 내 손이 닿으려면 냉큼 빠져나가고 또 빠져나가곤 했다.

승강장은 평온했다. 기차는 얌전히 그 자리에 기다리고 있었고 승무원이 문 앞에서 아무 일도 없는 듯 인사를 했다.

"지진 더 나면 좋겠다. 그래서 집에 가는 차 끊기면 좋겠다."

현이가 기차에 올라타며 내게 빨리, 빨리 하고 손짓했다.

"그러면 집에 안 가도 되잖아. 이모랑 둘이서 계속 살 수 있잖아…"

✳

1

✳

삼 년 후.

문이 열렸던 흔적이 있다.

모래가 밀려나 있었다. 나무문은 우그러져 있고 곰
팡이와 버섯이 틈새마다 자라고 있다. 문은 바닷바람
이 칠 때마다 끼익 끼익 서럽게 운다. 가만 당겨보니
안쪽으로 걸쇠가 걸려 있었다.

멍청한 자식. 여기 없는 척을 할 요량이었으면 문
을 잠그지 말았어야지.

나는 문에 어깨를 조용히 대어 몸에 돌아올 충격을
줄이고 속도를 붙여 쿵, 하고 몸을 부딪쳤다.

✳

녹슨 경첩에서 나사가 뽑혀 나가며 문이 요란하게 열렸다. 바닥에 눈처럼 쌓여 있던 먼지가 풀풀 일어났다. 한 차례 들어온 바람이 집 안을 사정없이 휩쓸었다.

해원마을을 둘러싼 산자락 한가운데에 자리한 버려진 집이다. 집 안은 텅텅 비어 있고 아무도 원치 않았던 물건만이 남아 뒹굴고 있다. 깨진 그릇이며 플라스틱 상자, 뚜껑이 떨어져 나간 변기 따위, 화장실 문도 누가 뜯어 갔고 세면기와 싱크대도 구멍만 남긴 채 텅 비어 있다. 나무를 덧대어 못질한 창으로 서늘한 달빛이 스며들었다. 아마도 한때 여기를 거처로 삼았던 집 잃은 사람들이 깨진 유리창을 대신할 것이 없어 막아놓았을 것이다.

동녘이 어스름해지고는 있었지만 아직 날이 일렀다. 날이 밝기 전에 해치울 생각이었다.

나는 허리띠 오른편에 매단 군용 나이프에 손을 대었다. 칼이 부드럽게 손에 감겼다. **…어쩌면 오늘이 날인지도 모른다.** 하지만 나는 최대한의 자제력으로 진압봉 두 개를 양손에 쥐었다.

왼손에 쥔 진압봉은 방어를 겸해 얼굴에 단단히 붙

이고 다른 진압봉은 위협을 위해 부드럽게 흔들며 한 발짝 들어갔다. 퀴퀴한 비린내가 코를 찔렀다. 사람 몸에서 나는 비린내와는 다른 냄새. 피비린내가 철 이온에서 나는 금속 비린내라면, 지금 코를 찌르는 것은 생선 비린내다. 썩은 물고기의 악취.

"생선 비린내는 원래 생선의 삼투압을 조절하기 위해 있는 트리메틸아민이라는 성분에서 나는 건데요."

현준 경사가 언젠가 보고서를 들여다보며 알려주었다.

"실제로 트리메틸아민뇨증이라는 유전 질환이 있어요. 사람의 트리메틸아민이 과다 분비되는 병이죠. 생선 썩는 악취가 나요. 동해병도 같은 증상이 있죠."

악취만이면 좋겠지만. 악취뿐이면 좋겠지만.

어둠 속에서 큰 짐승처럼 보이는 것이 후다닥 움직였다. 사람이라기에는 움직임이 기묘했고 개나 고양이로 보기에는 몸집이 컸다. 나는 상대가 움직인 방향에 맞추어 몸을 비틀어 문을 가렸다. 집에 다른 통로가 없다는 것은 들어오기 전에 확인했었다.

"싸우는 동안에는 시간이 없을 테니 미리 말해두겠는데, 너는 변호사를 선임할 수 있으며 묵비권을 행

사할 수 있다."

나는 문의 방향에 주의하며 몇 걸음 더 들어서서 진압봉으로 창을 툭 쳐보았다. 습기를 먹은 나무가 종잇장처럼 흔들렸다.

"그런데 알다시피 이 마을에 변호사는 안 와. 기대하지 않는 게 좋을 거야. 그리고 묵비권도 행사하지 않는 게 좋을 거다. 귀찮으니까. 그리고 넌 벌써 자가격리를 열세 번 위반했고 난 지금 성질이 머리끝까지 뻗쳐 있으니까."

나는 말을 끝내고 진압봉으로 창에 덧댄 나무를 온 힘을 다해 후려쳤다.

나무가 부서지자 창밖의 등대 불빛이 창으로 눈부시게 쏟아져 들어왔다. 안에서 소름 끼치는 비명이 들렸다. 소리를 지른 것이 눈을 가리고 나를 향해 달려들었다.

나는 재킷을 벗어 상대의 얼굴에 뒤집어씌우고, 그대로 소매를 ×자로 당겨 목을 조르려 했다. 하지만 머리털이 없어 미끌거리는 머리가 그대로 쑥 빠져나가고 말았다.

아차 하는 사이에 상대는 괴성을 지르며 몸으로 덮

쳐왔다. 나는 균형을 잃고 뒤로 넘어졌다. 나는 황급히 왼손의 진압봉으로 얼굴을 방어하면서 오른손으로는 상대의 팔을 붙잡았다.

소름 끼치는 소리가 귓가에 울렸다. 아우성치는 상대의 팔은 눈에 띄게 길었다. 상대의 몸집을 생각하면 더욱 그랬다. 골격이 비정상적으로 발달해 팔꿈치가 툭 튀어나와 있다. 피부와 근육은 팽팽하게 당겨져 혈관이 다 들여다보였고 관절마다 시퍼런 멍이 들어 있었다. 손가락이 비대하게 길고 손등에는 수포가 드문드문 나 있다. 하지만 그 팔도 이 녀석의 얼굴에 비하면 그리 이상한 편이 아니었다.

이놈의 입에는 이빨이 두세 개는 더 돋아 있었고, 덕분에 치열이 어그러져서 입술이 말리고 턱뼈가 돌출되어 있다. 다물어지지 않는 입에서는 침이 흘렀고 숨에서는 고약한 악취가 났다. 광대뼈가 돌출되어 얼굴은 퉁퉁 부었고 양옆으로 당겨진 코는 거의 구멍만 남아 있었다. 눈은 시뻘겋게 충혈된 채 돌출되어 있다.

"푸르부르파바⋯."

감염자가 입을 열었지만 이미 구강 구조가 망가진

입에서 나는 소리는 알아듣기 힘들었다. 하지만 알아볼 수 있는 것은 있었다. 처참한 불행에 머리끝까지 푹 잠긴 생물, 그러므로 누구든 자신만큼 불행해져야 이 답답한 속이 시원해질 것 같다고 울부짖는 마음을.

삼 년 전만 해도 마을에서 소문난 미남이었다고 들었다. 한중대 체육학과에 다니던 청년이었고, 가족의 자랑이었다고 들었다. 친구들과 서울에 놀러 갔다가 길에서 모델 해보라는 명함을 받은 적도 있다고 했다. 그리고 동해병에 감염된 후 골격 이상과 안면 기형이 왔다. 하지만 많은 감염자가 그리되었듯이, 몸보다 더 망가진 것은 정신이었다.

괴물은 끼이끼이 우는 소리를 내며 내 팔을 두 손으로 꾸욱 내리눌렀다. 진압봉이 점점 내려와 내 목젖을 깊이 눌렀다.

"마지막… 경고다…. 지금… 넌 공무 집행 방해를 하고 있고… 격리 지시를 계속 무시했고…."

말끝에 나는 괴물의 가랑이 사이를 온 힘을 다해 올려쳤다. 이 달랑달랑한 것이 얼마나 약한 기관인지 초등학교 1학년 교과서 첫 페이지에 써서 가르치지 않는 점이 이 세상이 남자 편의로 돌아간다는 뜻일 거다.

괴물이 비명을 지르며 무너지자 나는 내 얼굴을 방어하던 진압봉으로 온 힘을 다해 상대방의 얼굴을 후려쳤다. 파삭, 하고 코뼈가 부서지는 소리가 들렸다. 괴물이 가랑이와 얼굴을 같이 붙잡으며 바닥을 데굴데굴 굴렀다.

나는 숨을 허덕이며 일어나 다시 오른편에 매달린 군용 나이프에 손을 대었다. **···어쩌면 오늘이 날인지도 모른다.**

어차피 이 자식은 감방에 처넣을 수도 죽일 수도 없다. 마을에 있는 해양 경찰서는 폐쇄되었고, 유일한 사법기관인 파출소에는 사람을 수용할 만한 시설이 없다. 그리고 이 마을 사람은 여기를 떠날 수 없다. 감염자 아니면 보균자인 우리들은 다른 지역 교도소에 수감될 수도, 재판을 받으러 법원에 갈 수도 없다. 이 마을에서 도둑이든 강도든 할 수 있는 조치는 자택 연금뿐. 병균을 퍼트릴 수 있는 다른 감염자들과 마찬가지로. 더해서 그 연금을 감시할 인력도 없다. 격리자가 집을 떠나지 않게 하는 방법은 시민들의 자발적인 감시와 가족의 협조뿐이다. 요약하면,

이 빌어먹을 상황이 삼 년이나 유지가 된 것만도 기적이라는 뜻이다.

…어쩌면 오늘이 날인지도 모른다.

더 버텨야 할 이유가 있을까? 이 고립되고 버려진 마을에서 내가 정도를 지켜야 할 이유가 더 남아 있을까? 행정도 사법 시스템도 우리를 포기했는데? 어차피 나는 어느 날 으슥한 골목에서 이런 몸싸움을 하다가 잘못 맞아 죽거나, 내게 원한을 품은 감염자에게 살해당해 죽고 말 것이다. 나는 뭘 지키려 애를 쓰는 걸까?

오늘 이 자식을 집에 처넣어봤자 내일이면 다시 나와 동네방네 병균을 뿌리고 다닐 텐데. 적어도 오늘 이 자식이 죽으면, 아직 감염되지 않은 누구네 선량한 어린아이 하나가 조금 더 오래 살 수도 있지 않을까?

나는 군용 나이프에 손을 얹고 반쯤은 뽑을 마음을 먹었다. 하지만 꾹 참고 진압봉을 휘둘렀다.

✳

✴

2

나는 집을 빠져나왔다. 생선 비린내에다 녀석이 지린 똥오줌내까지 맡으며 손발을 묶고 나니 머리가 깨질 듯했다. 나는 바지에 넣어둔 식초 팩을 꺼내 몸에 뿌렸다. 어차피 저놈들과 뒤엉켜 땀투성이로 몸싸움을 하는 이상 무엇도 막을 도리가 없을 것이라, 그저 심리적인 안정을 위한 의식에 가까웠다.

바다 저편에서부터 하늘이 밝아왔다. 수평선이 주홍빛으로 불탔고 청색 하늘 꼭대기에는 아직 손톱 같은 달이 머물러 있다. 이 썩어 빠진 시절에도 산허리에서 보는 풍경만은 눈부시게 아름답다.

해원마을은 야트막한 산 한가운데 우뚝 선 작은 등

✴

대를 중심으로 백여 채의 가구가 성냥갑처럼 다닥다
닥 붙어 있는 동네다. 집은 대부분 청기와를 인 단층
집들이다. 기와지붕이 서녘의 푸른 어둠과 동녘의 주
홍빛을 함께 받아 짙은 남빛으로 반짝였다. 마을로
들어오는 길은 동해안을 따라 도는 일출로를 제외하
면 등대까지 오는 해맞이길 둘뿐이다. 두 도로가 폐
쇄된 지도 삼 년이 지났다. 방치된 도로는 그새 쩍쩍
갈라지고 싱크홀이 생겨났고, 무너진 자리에서 잡풀
이 자라 차가 다닐 수 없는 길이 되었다. 삼 년 전 마
을에 왔다가 고립된 관광객들이 놓고 간 차들이 창문
이 깨진 채 쑥과 도꼬마리에 뒤덮여 버려져 있다.

　거리는 호수처럼 조용했다. 사람 하나 눈에 띄지
않는다. 마을 주민 반은 격리 조치를 받은 중환자이
고 나머지 반은 그들을 돌보는 가족이다. 해원항에
정박한 고기잡이 어선들도 방치되어 물풀에 뒤덮여
있다.

　나는 해안 저쪽에 치솟아 있는 저주스러운 섬을 뚫
어지게 보았다. 그날, 삼 년 전 생겨난 섬.

　지진이 난 그날 밤, 해저 수 킬로미터 아래에 있던
마그마가 바다 밑 지표를 뚫고 분출했다. 화산은 해

원항 연안에 새 섬을 만들었고, 해원항에서 대진항, 천곡항에 이르는 동해시 연안 일대를 평균 수 센티미터 들어 올렸다. 해일이 연안을 덮었고 해원마을 가구 반이 물에 잠겼다.

재난은 그것으로 끝나지 않았다. 솟구친 바위산과 얕아진 수면이 해류의 흐름을 바꾸었고, 해원항 일대는 고인 호수나 다름없어졌다. 연안은 순식간에 플랑크톤이 창궐하여 찐득찐득하고 걸쭉한 늪처럼 변했다. 걸쭉해진 바다에서 물고기들이 질식해 떼죽음을 당했고 그 죽은 몸뚱이가 부패하면서 마을에는 썩은 내가 진동하게 되었다. 뱃길은 막혔고 양식장과 수산업장이 몇 달 새에 모두 문을 닫았다. 재난은 그것으로도 끝나지 않았다….

악취가 진동했던 몇 달 새에 마을에 무시무시한 감염병이 창궐했다. 피부병과 골격 기형에 생선 비린내 같은 악취증을 동반하는 병이었다. 피부에 반점과 두드러기가 생기다가 어느 시점에서는 나무처럼 딱딱해진다. 땀구멍이 닫히며 머리카락이 빠지고, 안압이 높아져 눈이 돌출된다. 땅에 묻혀 있던 지층이 드러나면서, 현대인에게 알려지지 않은 고대의 세균이 부패한 바다에서 창궐한 기생충과 결합해 생겨난 병이라는 분석이 지배적이었다.

감염 경로는 장기간 접촉으로 짐작되지만 명확하지 않다. 가족 간에도 전염이 안 되는 사례가 많아 사람에 따라 항체가 있는 경우가 있다고 짐작할 뿐이다. 하지만 비감염자의 몸에서 항체를 분리하는 시도는 삼 년째 계속 실패하고 있다.

백신만 개발되면 격리를 풀어준다는 약속이 있었지만, 감염이 동해시 바깥으로는 퍼지지 않았고, 골격 기형까지 오는 중증은 이 마을에서만 발생하는 것이 명확해지면서 격리만 강화하는 방향으로 바뀌었다. 언론은 매일이다시피 우리가 어떤 종류의 비인도적인 잘못을 해서 이리되었으리라는 종류의 기사를 쏟아내고 있다.

핸드폰이 울렸다. 나는 담배를 꺼내 물고 폰을 꺼냈다. 내 핸드폰은 액정이 망가진 지 오래다. 전원 버튼을 몇 번 누르고 한참을 흔든 뒤에야 색깔이 엉망으로 깨진 화면이 나타났다.

파출소장 전수철의 얼굴이 화면에 채워졌다. 전 소장은 첫해부터 집 안에 틀어박혀 지낸다. 생필품도

31

*

담낭암 걸린 아내가 대신 산다고 들었다. 집에 여러 정의 총과 총알을 숨겨놓고 매일 광을 내고 있다는 소문도 있다. 말이야 동네 범법자들에게 원한을 사서 나올 수 없다지만, 솔직히 무슨 일을 했어야 원한을 사지. 간혹 지휘자인 자신마저 병에 걸리면 마을의 치안이 무너지므로 어쩔 수 없다며 한 시간씩 한탄도 늘어놓는데, 됐으니 자기 포장만 안 해도 덜 귀찮겠다는 생각이 들곤 한다.

"어떻게 됐어?"

나는 담배 연기를 화면에 푸우, 하고 뿜으며 답했다.

"죽였어."

전 소장은 당황했다.

"잡았다는 뜻이겠지?"

"죽였다니까."

소장의 얼굴이 화면에서 없어졌다가 돌아왔다.

"잠깐만 지, 진짜로 죽인 건 아니겠지? 다시 잘 생각해봐. 정말은 아니지? 정말 죽인 거야? 어쩌려고 그래? 나더러 기, 김순자 씨 얼굴 어떻게 보라고?"

"반은 죽여놨거든? 코뼈하고 갈비뼈 부러뜨려놨으

니까 당장 사람 보내서 병원에 갖다 놓지 않으면 진짜로 죽을 테니까 알아서 해!"

나는 회신을 툭 끊고 발을 떼었다. 몇 걸음 떼지 않았을 때 현준 경사의 카톡이 울렸다.

난처한 얼굴이었다. 현준 경사는 경증이기는 해도 증상이 있다. 눈이 불거져 나와 있고 얼굴에는 검은 반점이 얼룩덜룩했다. 이빨도 사랑니가 두 개 더 돋아나 앞니가 튀어나와 있다. 그래도 이 어린 녀석이 나 같은 자경단원을 제외하면 지금 마을에 남은 유일한 공식 사법기관이다. 이 친구는 지난 삼 년간 하루도 쉬지 않고 새벽부터 밤까지 순찰을 돌며 집에 격리된 중환자와 범법자들을 감시했다. 아마 지금도 겨우 단칸방에서 라면 하나 끓여 먹고 주섬주섬 출근 준비를 하고 있을 터였다.

"또 많이 패셨나 보드래요?"

"그 자식이 날 먼저 공격했거든."

"강원도 전체에 종합병원은 열다섯뿐인 건 아시어요? 그라고 동해병자 받아주는 데는 사랑병원뿐인데 거긴 응급 시설이 없어요. 우리 마을에서 아픈 사람 나오면 그냥 죽는 거드래요."

"그럼 의료 인프라가 죽인 거지, 내가 죽인 건가."

경사는 한숨을 푹 쉬었다.

"서류는 제가 작성할게요. 그래도 아직까지 고소나 고발 들어온 건 없지만…. 혹시라도 나중에 문제 되면 제가 지시해서 한 일로 할게요."

"됐어…."

"월급도 제대로 못 드리고 근무환경 안전도 보장 못 하는데 책임이라도 지어야지요."

경사가 화면에서 사라졌다.

나는 핸드폰을 주머니에 넣고 터덜터덜 해안가로 걸음을 옮겼다.

마을은 산 중간부터 빛깔이 다르다. 그날 해일이 마을을 삼켜버린 경계선이다. 산 아래 집들은 소금기에 절어 있고 지붕에는 해초가 말라붙어 있다. 많은 집들이 버려진 채 방치되어 있다. 드문드문 정돈된 집은 대부분 점집 아니면 상담소다. 한 줌도 안 되는 마을에 점집이 셀 수도 없다. 동네에서 소싯적에 주역이나 명리학 책 한 번쯤 읽어본 사람들은 다 점집을 차린 듯했다. 희망을 상상할 방법이 토정비결이나 사주밖에 남지 않은 동네다.

한때 마을의 소박한 관광 상품이었던 담벼락 벽화도 중간부터는 망가져 있다. 페인트가 다 녹아 내려서 예쁜 아이들이나 요정들이 흉측한 괴물처럼 보인다. 중간에 누가 아예 덧칠을 해서 괴물과 요괴 모습으로 바꾸어놓은 벽화도 있다.

카톡이 다시 울렸다. 또 현준 경사였다. 이번에는 문자였다.

'혹시나 해서 말씀드리는데, 오늘은 집에서 쉬시는 게 좋겠어요.'

문자로는 사투리가 사라지는 현준 경사였다.

'무슨 일이라도 있었어?'

'아뇨, 아무 일도 없어요. 제 말은, 너무 아무 일도 없어요. 보통 하루에 하나씩은 사고가 나거든요. 한 명쯤은 탈출 시도를 하고 한 명쯤은 자살 시도를 하고, 한 명쯤은 난동을 부리죠. 한 명쯤은 나한테 라면 국물이나 계란을 던지고요. 그런데 어젠 그 말썽꾼들이 다 죽은 듯이 조용하더군요.'

'심 교수가 뭐라도 꾸미는 거 아냐?'

심영호는 전에는 한중대 사회복지학과 교수였다. 재난 첫날부터 증상이 있었고 바로 자가격리에 들어갔다. 격리에 들어가자마자 발 빠르게 동해병자 커뮤니티를 만들고, 카톡방과 다음카페, 네이버밴드, 텔레그램으로 소통하며 의욕적으로 정보 교환을 하고 감염자들에게 곧 나을 수 있다고 독려했다. 그들 사이에서는 '심 대표님'으로 불린다고 들었다.

'나쁜 말씀 마세요. 그분 덕택에 그래도 마을 주민들이 이 긴 세월을 폭동도 없이 버티고 있는 거예요.'

심 교수는 안면 기형이 심해져 말도 하지 못한다. 손가락도 너무 부어서 핸드폰 자판도 잘 칠 수 없다고 들었다. 자기 방 컴퓨터 앞에 꼼짝도 않고 앉아 종일 두꺼운 손가락으로 느릿느릿 문자를 보내고 블로그에 글을 올리며 감염자 커뮤니티를 운영한다. 그리고 나를 몹시 싫어한다.

심 교수는 동해병의 감염원이 명확지 않다며, 이제 그만 감염자들의 격리를 풀어줘야 한다는 민원을 여기저기에 올리고 있다. 파출소에도 수시로 연락을 해온다. 어림도 없는 소리.

경사의 문자가 이어졌다.

'오늘 옥계항에서 발견된 시신 신원확인 소견이 들어올 거예요. 이 정도면 거의 마지막 실종자 아닐까

✳

싶네요. 워낙 부패한 데다가 동해병이 치열에 지문까지 망가뜨려서 결과 나오는 데에 오래 걸렸대요.'

그래, 하고 답하려다 돌연 목구멍 안쪽에서부터 뜨거운 것이 울컥 치밀었다. 고통은 사소한 계기로도 수시로 마음을 침범한다. 정신을 놓고 일하다가 돌아보면 늘 옆에 도사리고 있다.

'내 조카는⋯.'

그렇게 문자를 치자 화면 너머가 조용해지는 듯했다. 메시지가 몇 개 올라오다가 사라졌다. 현준 경사는 내가 이처럼 수시로 무너지는 것에 익숙한 몇 안 되는 사람이다.

'시신도 보지 못했어.'

'알아요. 워낙 혼란스러울 때였잖아요. 시신에서 악성 병균이 퍼진다는 오보에 다들 정신이 나갔고요. 총선 때라 행정도 엉망이었고. 지금만 해도 그 정도까지 엉터리로 하지는 않았을 텐데.'

'시신도 보지 못했어.'

'격리만 풀리고 나면 매장한 데 찾아서 다시 제대로 장례 치를 수 있을 거예요. 기다려봐요. 금방 풀리겠죠.'

✴

금방 풀린다. 그 말은 삼 년 전에도 들었다.

처음에는 독감 정도로 생각했다. 일단 정부에서 마을에서 한 주쯤 더 지낼 것을 권장하는 지시가 내려왔을 때 현이는 신난다고 바닥에서 구르며 여기도 저기도 다녀보자고 성화였다. 집에서도 나라에서 하는 말 잘 들으라고, 상황 좋아진 다음에 오라고 했다. 그리고 병은 순식간에 창궐했다. 며칠 뒤 현이는 앓기 시작했고 몸에 반점이 생겼다. 환자들로 아비규환이 된 병원에 입원시킨 뒤 며칠 새에 면회 금지가 되더니 또 며칠 새에 죽었다는 통보를 받았다. 언니는 아우성치며 내가 애를 죽였다고 매일매일 날뛰었다.

그러다 언제였던가, 여느 때처럼 내게 한바탕 욕설과 저주를 토해내고 나서는 속이 풀렸는지 한숨을 푹 쉬며 말했다. "그래도, 한편으로는 다행이지 뭐니. 만약 네가 그때 애를 데리고 왔으면, 나하고 우리 그이까지 그 해괴망측한 병에 걸렸을지도…." 나는 순간 욕지기가 치밀어 바로 전화를 끊었다. 이후 다시는 서로 연락하지 않았다.

나는 밤마다 청량리역으로 되돌아간다. 콩콩 뜀박질하는 현이의 작은 손을 붙잡고 어른답게 타이르는 상상을 한다.

'아니야, 일단 집에 연락해보고 다음 기차로 가자. 우리 한 시간만 더 역에서 놀자.'

'아니야, 여행은 언제든 갈 수 있지 않니. 오늘은 집에 가자.'

'아니야, 표를 바꾸자. 옆 동네로 가자. 옆 동네도 예쁘지 않니.'

'아니야….'

'아니야….'

모래사장에 이르니 비린내가 코를 찔렀다. 익숙한 악취지만 바닷가에 오면 한층 지독해진다. 여기는 공기마저도 썩어 찐득거린다. 해안가에는 질식해 해안가로 밀려 나와 죽은 물고기의 시체가 산처럼 쌓여 있다. 물고기가 층층이 쌓여 서로를 짓눌러 아래쪽에서는 곤죽이 되어 있다. 처음에는 마을 주민들이 좀 치웠지만 지금은 감당이 되지 않아 방치하고 있다. 아직 숨이 붙어 펄떡이는 것도 부지기수다. 해원항이 죽음의 늪이 된 이후로, 이 연안에 우연히 밀려 들어온 물고기들은 어망에 사로잡힌 것처럼 나가지도 못

하고 하염없이 맴돌다 차라리 해안가로 올라와 스스로 제 숨을 끊는 길을 택하고야 만다.

아무렴, 이해하고 말고. 얼마나 숨이 막히겠니. 나는 어느 날 밤 불현듯 악몽에서 깨어나 잠옷 바람으로 해맞이길을 정신없이 달음박질쳐 올라간 적이 있다. 군인들이 봉쇄해놓은 도로 앞에서 집에 돌아가겠다고 아우성치다가 붙들려 돌아왔었다. 그날 나는 죽은 물고기들 사이에 엎드려 밤새 울었다.

물고기 위로는 흰 새 떼들이 이불처럼 덮여 게걸스럽게 살점을 뜯고 있다. 주변에는 온갖 플라스틱 쓰레기들이 물고기만큼 그득 쌓여 있다. 파도에 부딪혀 깨지고 깎여 작은 조약돌처럼 되고 나면 새가 먹고, 그렇게 죽은 새의 주검도 같이 쌓인다.

새들도 변형이 오고 있다. 해원마을의 재갈매기는 눈이 유달리 크고 붉고, 털도 듬성듬성 빠져 있다. 날개 관절이 변형되어 날지 못하는 것들도 있다.

나는 일출과 함께 검은 바위섬을 바라보다가 무심코 팔등을 긁었다. 긁어 붉게 일어난 팔에 두드러기가 두툴두툴 솟았다. 그리고 바위섬 주위로 물안개와 먹구름이 일어나는 것을 보았다. 나는 그 구름을 볼 때마다 두려움에 사로잡힌다.

해저 화산과 함께 생겨난 바위섬 주변으로 악마가 보였네, 하는 사진은 인터넷 짤방으로 지금도 돌아다닌다. 물길이 막히면서 생겨난 국지형 상승기류가 아침저녁의 찬 기단과 만나 생겨나는 먹구름으로 알고 있다. 마을 사람들은 섬 주위에 가까이 가지 않는다. 마을 어선 대부분은 그날 폭풍우로 부서졌고, 그나마 배가 멀쩡한 집도 얕아진 해수면과 섬 주위에 이는 소용돌이와 강풍 때문에 꺼리는 편이다.

그렇게 얼마나 앉아 있었을까. 해안가를 도는 일출로에서 흙먼지에 뒤덮인 버스가 털털거리며 정류장에 멈춰 섰다.

마을로 들어오는 경로는 모두 차단되었지만, 지금도 저 버스는 아침저녁 두 차례 마을 안을 순회하며, 중요한 용무가 있는 사람을 위해 마을 경계까지 갔다가 온다. 집집마다 다니며 잡일을 해주는 마을 총무가 내렸고, 밭일 품팔이를 하는 등 굽은 할머니가 품삯으로 받은 듯한 봄나물 보따리를 지고 느릿느릿 내렸다. 그리고⋯ 나는 눈을 의심했다.

낯선 남자 하나가 버스에서 기운찬 발걸음으로 내

41
✳

려섰다. 먼발치였지만 깔끔한 회색 양복을 입고 작은
여행 가방을 든 멀끔한 남자였다.

3

*

    요괴가 내렸어도 그렇게까지 놀라지는 않았을 것이다. 나는 벌떡 일어나 썩은 생선을 치덕치덕 짓밟으며 정류장으로 향했다.

    가까이 가보니 남자는 정류장 근처에 자리한 구멍가게 안을 기웃거리고 있었다. 지붕이 해일로 반쯤 내려앉아 높이가 사람 키를 넘지 않고, 양옆 건물은 무너진 채로 방치된 가게다. 남자는 테이프로 얼기설기 붙인 유리창을 손가락으로 톡톡 건드려보며, 이마에 그늘을 드리워 어두운 안쪽을 들여다보려 애쓰고 있었다.

    정류장 주변에는 나 말고도 마을 주민이 다섯은 기

*

웃거리고 있었다. 장갑을 끼고 얼굴을 천으로 둘둘만 감염자들이다. 다들 나와 같은 심정일 것이다. 남자의 출현은 이 마을에 근 몇 달 만에 일어난 대형 사건이었다.

"사장님, 안 계세요? 여기 장사 안 하십니까?"

남자가 구멍 난 유리창에 입을 대고 소리를 높였다. 해원마을에서는 아이들에게서도 찾아보기 힘든 생기 넘치는 목소리였다.

"그 가게 주인 격일로 나와요."

내가 뒤에서 말을 붙이자 남자가 돌아보았다. 가까이서 보니 나와 같은 또래… 삼십 대 후반 정도 되어 보이는 사람이었다. 대기업 사무직 회사원 같은 야리야리한 인상에, 몸은 호리호리했고, 매끈한 회색 양복에다 긁힌 흔적 하나 없는 새 여행 가방을 들고 있었다. 얼굴은 보기 드물게 잘생긴 데다 머리도 막 미용실에서 다듬은 듯 깔끔했다. 이 사람이 이 마을에 서 있는 것만으로도 격렬한 이질감이 들었다.

"…나와도 오후 한 시는 되어야 열고요."

나는 남자를 머리에서부터 발끝까지 탐색하며 말을 이었다. 남자도 내가 반가운 기색이었다. 적어도 내게 피부의 반점을 제외하면 딱히 눈에 띄는 동해병 증상은 없으니까. 저 사람 눈에 어쨌든 '인간'으로 보였을 것이다.

"아, 그럼 혹시 근처에 마트 있나요? 담배 사오는 걸 깜박해서요. 니코틴이 부족해서 지금 숨도 잘 못 쉬겠습니다."

"농협이나 축협 하나로마트 말하는 거면 운영 안 한 지 오래됐어요. 두 정거장쯤 더 가면 가게가 하나 더 있지만…."

설명하려다 귀찮아졌다. 나는 가게 문 앞에 놓인 화분의 흙 속에 손가락을 넣어 열쇠를 꺼냈다. 그리고 파란 나무문에 매인 자물쇠를 따고 팔 하나 겨우 들어갈 만한 크기의 작은 쪽문을 새로 열었다. 그리고 안에 손을 집어넣어 후두암 사진이 붙은 담배 한 갑을 꺼냈다. 나는 가죽 장갑을 낀 손으로 남자 손에 담배를 쥐어주었다.

"돈 줘요. 내가 넣고 다시 닫을게요. 이 사람 저 사람 손 넣는 데니까 손 넣지 말고."

나는 굳은살 한 점 없는 새하얀 남자의 손을 보며 다시 한번 짙은 이질감을 느꼈다. 나라가 돌봐주고 보호해주는 세계에서 온 사람. 이 사람을 따듯하게 감싸 안아 보호해주고 있을 안온하고 평이한 일상을 상상하니, 질투심에 몸서리가 쳐질 지경이었다.

담배를 받아든 남자는 호들갑을 떨었다.

"이게 뭐랄까, 시골의 정취라는 건가요? 제가 서울에서만 살아서, 이런 깡촌은 처음이라서요. 다른 데도 이런, 뭐랄까, 이렇게 돌아가나요?"

나는 불편한 기분으로 주변을 살폈다. 관람객들이 이제 신작 영화라도 보는 눈을 하고 신나게 우리를 구경하고 있다. 호기심에서라도 말을 붙이는 게 아니었는데. 며칠은 마을 회관에서 이름이 오르내리겠군.

"서울 사람이 이런 데는 왜 왔어요? 이 마을에 발만 들여놔도 검사 여럿 하고 이 주 자가격리해야 해요."

"아, 제가 강릉에 갔다가 급하게 목포 갈 일이 생겼지 뭡니까. 그런데 이번 주가 주말에 공휴일 징검다리로 낀 황금연휴라 시외버스가 다 매진이더군요. 그런데 이리저리 길을 짜 맞추다 보니, 이 마을을 경유해서 가면 딱, 딱! 기막히게 차편이 이어지는 데다가 자리도 텅텅 빈 거예요. 어차피 전 집 밖에 안 나가는

46
✳

편이라 그깟 자가격리….."

남자는 딱, 딱, 하면서 메뚜기 뛰는 시늉을 하다가 내 눈빛을 보더니 안면을 싹 바꾸고 손가락을 턱 하고 들어 올렸다.

"이 변명은 안 되겠군요. 다른 걸 생각해보지요."

남자는 바지 주머니에서 제법 가격이 나가 보이는 가죽 지갑을 꺼내 내게 명함을 건넸다. 있는 집에서 잘 살아온 향기도 더불어 나는 지갑이었다.

"감염학 연구소 직원인데요. 올해 안식년이라 논문 연구 들어갔습니다. 해원마을 논문은 산더미처럼 많지만 현장 조사를 한 사람은 극소수라는 것 아세요? 특히 올해는 완전히 제로예요. 마을 출입 허가를 받느라 공문서 내다 보니 왜 그런지 알겠더군요. 올해 방문 신청서 서류 작성하다가 내년 오겠더군요. 그래도 어쨌든 이렇게 성공했죠."

나는 남자의 명함을 앞뒤로 살폈다. '하우진'이라는 이름 옆에는 무슨 무슨 직원, 무슨 무슨 협회원 등등해서 직함이 다섯 개는 붙어 있었다.

"그런데 선생님은 말씨가 여기 분이 아니시네요. 타 지역 분이세요? 전라도나 경상도만큼 특이하지는 않아도 여기도 재미있는 성조가 있잖아요. 그… 따라라라? …래요? 하고 끝에 올리는."

"저녁에 나가는 차가 있으니 오늘 바로 나가요."

"밤에 묵을 데는 있나요? 거기도 화분에서 열쇠 찾아야 해요?"

나는 하씨 집안의 우진 씨를 보며 잠시 침묵하다가 가게 안에서 영수증 용지 하나를 뜯어 꺼내어 펜으로 전화번호를 휘갈겨 썼다.

"저기 보이는 해변가에 있는 해뜰이민박으로 가봐요. 거기도 늘 집에 있는 건 아닌데 전화하면 열어줄 거예요."

"깨끗한가요? 다른 건 괜찮아요. 제가 그리 까다로운 편은 아닌데, 화장실에는 좀 예민해서요."

나는 다시 잠시 침묵했다.

"운영은 해요. 내 말 들어요. 그냥 얼른 집에 가요. 전파자 되고 싶어요?"

하우진은 도리도리 고개를 저었다.

"동해병 논문은 다 찾아보고 왔어요. 이건 바이러스가 아니라 세균성 피부병이고, 장기적인 접촉만 조심하면 전염성이 약하죠. 기형증으로 인한 두려움이 커서 꺼리는 거예요. 한센병하고 비슷하죠. 제가 아는 사람 중에는 소록도에서 몇십 년째 봉사하고 사는 친구도 있어요. 동해병 사망자는 대부분 이 마을에서만 나왔고, 그나마도 해일이 가져온 환경오염에다 열악해진 마을 재정이 뒤섞여 변인이 오염되어 있죠. 그래서 요새는 이 마을의 수질오염이나 열악한 의료시설에서 원인을 찾으려 하고 있습니다만…"

말을 하던 우진은 해가 두둥실 떠오른 황금빛 해안을 이마에 손을 대고 바라보았다.

"저 친구들은 지금 뭐 하는 겁니까?"

나는 우진의 시선을 따라가보았다. 저 멀리 물고기 시체와 플라스틱 쓰레기로 검게 물든 해안가에서, 온몸에 진흙을 바른 청년들이 모닥불을 피우고 주위를 돌며 막춤을 추고 있었다. 한파가 채 끝나지 않은 초봄인데 춥지도 않은지 남녀 모두 반벌거숭이 차림이었다.

"지역 축제 같은 건가요?"

우진은 핸드폰을 꺼내 줌을 크게 당기며 찰칵찰칵 사진을 찍었다.

아이들은 몸에 진흙을 바른다. 서로에게 얼마나 병

49

이 퍼졌는지 보이지 않도록. 새벽과 저녁의 어스름 속에 숨어서 노래하며 춤을 춘다. 우리가 예전에는 다 같은 모습이었다는 추억을 나누며. 이젠 영영 사라져버리고 만 안온했던 지난날을 애도하며.

"여기 애들인데 언제부터인가 저러고들 놀아요. 학교는 닫은 지 오래돼서 졸업도 기약이 없고, 해원마을 출신이란 낙인이 평생 따라다닐 테니 직장도 글렀고, 심심하고, 할 일은 없고, 젊은 혈기에 미치게도 됐죠."

찰칵찰칵.

"이런 데서 제정신이어봤자 더 나을 것도 없고요."

우진은 나에게 번쩍 손을 내밀었다.

"이것도 인연인데 인터뷰 좀 따도 될까요? 전번 알려주실 수 있을까요?"

나는 우진의 맨손을 물끄러미 내려다보았다. 우진은 검은 가죽 장갑을 낀 내 손을 보고는 그제야 생각이 났다는 듯 주머니에서 하얀 면장갑을 꺼냈다. '봐요, 낍니다' 하고 전시하듯 보여주며 끼우고 마스크도 썼다.

"동해병 감염 경로는 명확하지 않아요. 모든 경로

를 조심해야 해요."

내가 말했다.

"저는 공기 감염은 없다는 진영에 속해 있어요. 그리고 우리 편이 이길 겁니다. 판돈도 걸었어요. 저는 말하자면 척후병인 셈이죠. 빵, 빠방!"

우진이 주위에 총을 갈기는 시늉을 하며 말했다.

"어차피 예비조사차 나온 거라 이번에는 하루나 이틀만 있을 겁니다. 그동안이라도 혹시 마음 동하시면 제 명함으로 연락주세요."

우진은 구경하는 주민들에게 하나하나 눈인사를 건네며 활기차게 도로를 따라 발걸음을 옮겼다. 나는 해안가를 보았다. 기울어진 햇빛이 애들의 벗은 몸뚱이 위로 흘러내렸다. 애들은 종종 알아들을 수 없는 언어로 노래를 한다. 얼마 전에야 그게 구강 구조가 망가진 동해병자의 발음을 흉내 내는 것임을 알았다.

어느 무속인네 집 딸내미가 어깨너머로 배운 의식을 친구들 사이에 전파한 듯했다. 죽은 사람들을 위로하고, 죽은 물고기들을 위로하고, 노한 바다의 왕을 달래고, 더해서 그날 바다에서 올라온 종족을 위로하는 의식이라고 했다.

51
✳

바다에서 올라온 종족이 뭐냐고 물었더니, 그날 재난 현장에 사람의 이빨이 있고 팔다리가 있는 기이한 생물들이 마을 곳곳에 널브러져 있었다고 한다. 어른들이 안 그래도 흉흉한데 나쁜 소문이 더 돌까 봐 외부인이 발견하기 전에 서둘러 감춰 숨겼노라고.

실은 바다에는 모래 바닥을 기어다니다 다리 비슷한 기관을 발달시킨 물고기도 있다. 화산 폭발로 먼 바다에 살던 희귀한 물고기들까지 연안으로 휘말려 왔고, 재난의 충격에 정신을 놓은 사람들이 보면서 이런저런 상상을 했으려니 한다.

4

✳

교회 마당에 도착했을 때엔 막 전 씨네 용달차도 털털거리며 주차하고 있었다. 세차에 방역으로 차체는 반짝반짝했지만 속은 손본 지 오래라 배기구에서 매연이 자욱하게 뿜어져 나온다. 전 씨가 방역복을 입고 내리며 인사했다.

"여어, 서 보안관."

전 씨는 전에는 나를 '서 경찰'로 부르더니만, 경찰이 아니라고 몇 번 정정하자 요새는 보안관으로 부른다. 전 씨는 마을이 격리되기 직전에 인터넷으로 방역복을 구매해둔 사람이다. 지난 삼 년간 소주 사러 갈 때마저 그 옷을 입고 다녔다. 유난 떤다는 조롱에

✳

는 "환자 되는 것보단 바보가 낫지!" 하며 응수했다. 지금도 누구와도 피부를 맞대지 않는다는 원칙을 철저히 지키고 있다. 그 덕분일까, 전 씨는 해원마을과 바깥을 오갈 수 있는 유일한 자격을 갖게 되었다. 덕분에 이 사람이 마을에 생필품을 가져오는 유일한 통로가 되었다.

"오늘은 육백 번대 털어 왔드래요. 마을 회관에 쟁여놓기 전에 몇 권 줄게요. 아무거나 골라 가져요."

나는 전 씨가 트럭 화물칸 밧줄을 풀고 방수천을 여는 것을 도왔다. 화물칸에는 먼지투성이 서적이 빼곡하게 차 있다. 나는 몇 권을 집어 뒤적였다.

"기술과학서적이군요."

나는 한자가 가득 적힌 두꺼운 전공 서적을 양손에 들어 보였다.

"항공우주과학개론, 이런 게 여기서 무슨 도움이 되겠어요? 비행기 만들어 탈출하자고요?"

"방에 갇혀 지내다 보면 업종별 전화번호부도 재밌드래요."

전 씨가 요새 주목한 것은 지금은 폐교된 한중대 도서관에 버려진 책들이다. 따로 인수한 곳도 없이 방치된 데다가 한적한 산속에 자리하고 있어 고속도로로 빠져나가면 시내를 거치지 않고 바로 접근할 수 있는 곳이다. 처음에는 마을 회관에 비치한다는 명목으로 소설책을 빼내 오기 시작하더니, 이제는 재미를 붙였는지 대학 도서관을 아예 마을로 옮겨 올 궁리를 하는 듯했다.

"혹시 또 알아요. 이러다 마을이 영원히 격리되기라도 하면. 여기서 태어나는 애들이 사람 구실하게 독학으로라도 공부는 해야 할 것 아니에요."

전 씨가 늘 하던 말을 지껄였다. 나는 '서바이벌 가이드' 유의 책 몇 권을 골라 비닐봉지에 담았다.

"참, 어제 뉴스 봤어요? 사랑병원장 가족 비리 터졌던데, 횡령을 했다든가 뭐라더라."

"인터넷 안 본 지 오래돼서요."

뭔가 이야기를 이어가려던 전 씨가 어깨를 들썩였다.

"나도 그래요. 눈 뜨고 못 보겠더라고. 어딜 들어가든 동네 욕설이 어지간해야지. 무슨 쓰레기봉투 버리는 사진 갖다 놓고 우리가 바다에 불법 폐수를 버렸다느니 뭐라느니. 동네 주민들이 해안에서 회 떠 먹고 술 파티 좀 한 사진 돌리면서 우리가 기생충을 먹어서 퍼트렸네 뭐네. 누가 보면 우리가 원해서 병 걸린 줄 알겠어요."

마을에 병이 돌기 시작하고 인터넷에는 별의별 말이 다 돌았다. 처음에는 그래도 사실이기는 한 것들이 돌았다. 주민 대부분이 저학력이라든가, 무직이라든가, 가난하다든가, 그래서 비위생적인 습관이나 어떤 무식함으로 병균을 양산했으리란 말들이. 그러다가는 아무것도 없는 말들이 돌았다. 주민들이 사이비 종교에 빠져 밤마다 난교 파티를 벌인다든가, 주말에 교회에서 부패한 물고기를 나눠 먹으며 환각에 빠진다든가. 마을 주민 얼굴에 괴물을 합성한 사진도 도처에 돈다. 몇 년이 지나고 나니 이 마을 주민들은 인간이 상상할 수 있는 온갖 혐오스럽고 난잡한 짓을 해대는 인간 망종이 되어 있었다.

그 무시무시한 악담으로 그들이 하고 싶은 말은 하나뿐이다. '내게는 그런 일이 없을 것이다.' 바람을 넘어 기도에 가까운 의식. 무자비하게 말로 인간을 난자하면서 속내에서는 바라마지 않는 것이다. '내게는 절대로 그런 일이 없을 것이다.' 그 기저에 있는 것은.

…두려움.

하루하루 내딛는 걸음마다 살 떨리도록 심장을 비틀어 옥죄어오는 처참한 두려움.

교회 게시판에는 "금요일 저녁 성령 대부흥회! 요한계시록에 예언된 오늘의 해원, 믿음으로 영생을 얻으리라"라는 내용의 손글씨 포스터가 붙어 있었다. 매직으로 성실하게 써 붙인 포스터에는 매번 재활용하는 목사 사진이 오려 붙여져 있었다. 교회 프린터 잉크가 떨어진 지도 여러 달째, 교회 장로는 포스터 만드는 기술만 늘고 있었다. 문 양쪽에는 "666, 악마의 표지가 나타난다. 가족의 목 뒤를 확인하시오" "내달 31일 휴거, 해원마을 주민만 몸 그대로 들림받아 천국에 이르리라"라는 포스터가 각기 다른 글씨로 붙어 있었다. 각기 신도가 열 명 미만인 소수 분파다. 목사는 예배 후 청소한다는 조건으로 소수 분파에 교회를 내주고 있다. 본인도 사이비 같은 면이 있는 사람이지만, 이상한 놈들이 흩어져 있는 것보다는 한데 모여 있는 게 낫다는 논리였다.

나는 빈 예배당에 들어가 십자가 앞에 무릎을 꿇고
앉아 기도를 올렸다. 종교는 없다. 신도 믿어본 적이
없다. 그런 게 있다면 이 마을 주민은 기도가 아니라
항의 시위를 해야 맞을 거다. 단지 기도는 신이 아니
라 자신을 위해 하는 것이라는 입 발린 전도에 마음
이 동한 뒤로는 간혹 와서 명상이나마 하는 편이다.

고개를 들었을 때엔 사랑병원에 근무하는 수간호
사 정 씨가 어느새 옆에서 기도하고 있었다. 정 간호
사는 감염 증상은 없었지만 눈이 휑하고 시체나 다
름없는 몰골이다. 끝나지 않는 병마와의 싸움 때문일
것이다. 갈수록 사람이 바싹바싹 말라가는 것이 눈에
보여 안쓰러울 정도였다.

나와 눈이 마주친 정 간호사는 아무런 호의 없이
눈을 피했다. 언젠가 내가 격리를 위반하고 탈출한
자식의 눈을 반쯤 실명시킨 뒤로 사이가 나빠졌다.
정 간호사의 먼 친척 조카뻘 되는 사람이었나 본데,
그때 내가 개인적인 감정으로 감염자들을 험하게 다
룬다며 언성을 높였다. 귀여울 데가 어디 있겠나. 내
가 만나는 감염자들은 대개 격리 위반자들이고, 그
자식들은 자기들을 도로 집에 가둬놓는 나를 죽도록

미워하는데.

"병원 일 힘들지요?"

내가 짐짓 정 씨의 냉랭함을 모른 척하며 말을 붙였다.

"환자들이 차도라도 좀 있으면 일할 만할 텐데요. 백신 만들었다는 소식은 아직 없죠?"

면역이 만들어지지 않는 병이라는 보고서는 이미 보았다. 백신을 만들려면 몇 년은 더 기다려야 할 거라는 기사를 본 것도 엊그제였다. 막대한 자금이 드는 백신 개발에 정부가 적극적으로 나서기에는 감염자 수가 너무 적다는 절망적인 기사도 보았다.

"어제 병원장 가족 횡령 기사가 나서 병원 안이 흥흥해요."

정 씨가 자기 손톱을 불안스레 따닥이며 말했다. 아, 방금 들었던 이야기로군.

"병원장이 친척 국회의원에다 재벌가에 시집간 누나 등에 업고 온갖 위반하면서 배 터지게 해먹었는데, 감사 들어오게 생겼으니 난리도 아니어요. 서류고 뭐고 다 파쇄하느라 간병 기록까지 다 없어질 판이에요."

"어… 어… 그러면 안 되지 않나요?"

나는 범죄 고발에 가까운 이야기를 이렇게 아침 인사를 하며 별로 친하지 않은 사이에게 들은 것이 당혹스러웠다. 의외로 종종 일어나는 일이기는 하지만.

"그러면 안 되지요."

정 씨는 다시 불안스레 손톱을 따닥였다. 오늘따라 얼굴이 더 팍 삭아 보였다. 얼굴에 짙게 깔려 있는 까닭 모를 공포가 마음에 걸렸다.

"저녁에 비 온대요."

정 간호사가 말했다.

"눈 올 수도 있다더군요. 순찰 돌다가 감기 걸리지 말고 오늘은 집에 계세요."

"안 그래도 어제 야간 근무 해서 지금 쉬러 가려고요."

"감염자 예배 시간이네요. 얼른 나가죠."

뒤를 돌아보니 그새 얼굴과 머리와 전신을 천으로 둘둘 만 사람들이 하나둘 안으로 들어와 앉아 있었다. 다들 앉자마자 웅얼웅얼하며 기도를 시작했다. 하나같이 몸을 천으로 둘둘 말고, 면장갑과 선글라스를 끼고 모자를 푹 눌러쓰고 있다. 피부 하나라도 세

60

✳

상에 내놓지 않겠다는 결연한 모습이다. 격리자들에게도 예배는 허용되기 때문에 다들 일주일에 한 번 있는 외출을 위해 열성적으로 참석한다. 그들 중 선글라스를 끼지 않고 얼굴을 반쯤 드러낸 한 남자가 싸늘한 눈으로 나를 보고 있었다. 안면 기형 때문에 얼굴을 알아보기는 어려웠지만 입고 있는 청재킷으로 언젠가 만난 적이 있는 사람인 줄 알아보았다. 몇 달 전엔가 맥주를 마시겠다고 집을 탈출한 것을 잡아다 곤죽이 되도록 두들겨 팬 적이 있다.

동해병자들은 거의 눈을 깜박이지 않는다. 안구에 자연적으로 습기가 차는 증상이 있어, 불필요한 기능은 퇴화되는 인체의 신비에 따라 깜박임이 느려지다가 멈춰버리곤 한다. 깜박임이 없고 홍채 반응이 없는 눈을 한참 보다 보면 마치 시체와 마주 보는 것과 비슷한 공포가 엄습한다.

나는 불쾌한 기분에 빠져 교회를 나섰다. 밖에서는 감염자들이 줄지어 들어오고 있었다. 나는 문밖에서 아는 사람을 발견하고는 반갑게 인사를 했다.

"윤희 씨."

김윤희. 삼 년 전 청량리역에서 잠시 만났던 베트

남 2세 여자다. 어머니가 이 마을에서 결혼하고 평생을 사셨다고 한다. 내가 오갈 곳 없이 마을에 정착해서 살아야 했을 때, 잠시 만난 인연을 갚겠다며 집도 알아봐주고 생활도 돌봐주었다. 만나 보니 생각보다도 똑똑하고 다부진 여자라 이내 친구가 되었다.

윤희는 남편 손을 붙잡고 교회 계단을 조심조심 오르고 있었다. 남편은 중증이었다. 골격이 이상 성장하여 등이 꼽추처럼 솟았고, 등뼈는 하나하나 셀 수 있을 정도로 튀어나와 있었다. 팔은 눈에 띄게 길어졌고, 천으로 감싸고 있어 보이지는 않았지만 얼굴 골격도 심하게 부풀어 있었다. 턱뼈와 치아가 튀어나와 있어 입이 다물어지지 않아 천이 늘 침으로 젖어 있었다.

윤희는 남편과 함께 감염자 예배에 빠짐없이 나온다. 그렇게 맞고 살았다면서, 남편이 병을 앓고 무력해지고 나니 지극정성으로 돌보는 마음을 나로서는 이해하기 어려웠다.

"무영 씨."

윤희도 반갑게 마주 인사를 하고는 주위를 두리번거리더니 교회 구석으로 나를 서둘러 데리고 가서는 내 옷을 끌어당기며 속삭였다.

"무영 씨, 오늘 김순자 씨네 애를 죽도록 팼다믄서."

"안 죽였어."

"감염자들 사이에서 자기 소문이 쫙 퍼졌어. 순자네가 화가 단단히 나서 노발대발하고 있어. 알잖아, 순자네가 애 오죽 아끼는 거."

"그 애새끼가 내 목을 졸라 죽이려고 했다는 말은 안 퍼진 모양이네?"

윤희는 누가 들을까 봐 다시 주위를 두리번거리고는 내게 속삭였다.

"오늘은 집에 있어, 무영 씨. 날도 꿀꿀하고 다들 예민해져 있는데 이런 날 돌아다니다가 경 칠지도 몰라."

집에 붙어 있으라는 말을 아침 댓바람부터 세 번이나 듣는군. 하지만 쉬기는 해야 하는 날이다. 밤새 정신 나간 어린애를 쫓아다니다 한숨도 못 잤으니까.

윤희네 남편은 등을 움츠리고 말없이 내 눈치만 살폈다. 청량리에서 잠깐 본 안하무인적인 태도는 온데간데없다. 하도 사람이 소심해져서 다시 만났을 때

다른 사람인 줄 알았다. 고약한 성질머리를 병마가 싹 가져가버린 듯했다. 어쩌면 아내가 돌봐주지 않으면 무력하게 죽고 말리라는 것을 이해하고 있는지도 모른다. 불행 중 다행이라고 해야 할까.

문득 나는 윤희에게 부탁할 것이 떠올라 바로 표정을 누그러뜨렸다.

"저기, 윤희 씨, 다음 주에 배 띄운다고 들었어. 혹시⋯."

윤희는 내 말을 채 다 듣지도 않고 고개를 설레설레 저었다.

"아무것도 안 할 거야. 정말 얌전히 있을게. 한 번만 태워줘."

윤희네는 그 폭풍에도 기적적으로 배가 상처 하나 없이 무사한 거의 유일한 집이었다. 바다가 얕아지고 지형이 다 바뀐 데다가 바위섬 주위로 계속 상승기류가 생기고 소용돌이가 치는 바람에, 가까운 연안으로 배를 띄우는 일마저도 반쯤은 목숨을 걸어야 하는 일이 되었다. 더해서 수질이 망가지면서 어획량도 바닥을 보였고, 잡아봤자 팔 만한 상품이 잡히지 않았다. 어차피 해원산 고기를 시장에 내놨다간 광화문에 시위 인파 모일 일이었다. 그래도 마을에는 일이 필요했고 스스로 생산한 것이 필요했다. 그래서 마을 주민들은 주기적으로 좋은 날을 잡아 윤희네 배를 타고 인근에서 고기잡이를 하고 돌아와 집집마다 배급을 한다.

"배는 고기를 잡으려고 띄우는 거야, 무영 씨. 괴수를 잡으려고 띄우는 게 아니라."

윤희가 부드럽게 말했고 나는 황망하게 웃었다.

"무슨 이상한 소리야. 나 그런 생각 안 해. 그냥 답답해서 바람 좀 쐬고 싶어서 그래."

"그러면 더 안 돼. 마을엔 수입 끊기고 망한 집안이 한둘이 아냐. 놀러 갈 사람 태울 자리는 없어."

남편 기가 팍 죽은 것에 반비례해서 윤희는 한층 똑 부러지고 단호해졌다. 요샌 밥도 잘 먹는 듯, 처음 만났을 때보다 훨씬 사람이 건강해 보였다.

윤희가 왜 그러는지는 알고 있다…. 현이의 부고를 들은 날이었다. 나는 축축한 방에서 혼자 자다가 새벽녘에 공포에 사로잡힌 채 깨어났다. 현이와 두 주를 같이 지낸 방이었다. 사방이 어린애의 흔적이었다. 현이가 얼기설기 그린 낙서며, 종이접기를 한 색

종이며, 혼자 무슨 연극을 하며 뒹굴다 구겨진 이불이며, 반쯤 먹다 남긴 우유 팩까지, 방 구석구석에서 현이의 환영을 볼 수 있었다. 나는 등대 불빛이 비치는 창가로 기어가 바다를 내려다보았다. 산 중턱에 자리한 집에서는 해안가와 바위섬이 한눈에 눈에 들어왔다. 그리고 나는 거기서 무엇인가를 보았다. 그 바위섬 너머에서….

그 이후의 일은 정확히 기억나지 않는다. 정신을 차리고 보니 나는 선착장에서 밧줄을 풀고 윤희네 배 선실 문을 부수고 들어가려 하고 있었다. 사람들이 내 팔다리를 붙잡아 뜯어말리고 있었다. 듣기로 내가 저 바위산에 괴물이 있고 그게 현이를 데려갔다고 아우성치고 있었다고 했다.

"우리 다 어떤 면에서 조금씩 미치고 말았지. 다들 그럴 수밖에 없는 일을 겪었고."

윤희가 따뜻하게 말했다.

"그건 당신 잘못이 아니야, 무영 씨. 누구의 잘못도 아니지. 그래도 내가 무영 씨를 우리 배에 태울 일은 없을 거야."

말을 마치고 윤희는 남편을 소중한 보물이라도 되

는 듯 두 팔로 끌어안고 조심조심 교회로 들어갔다. 나는 윤희가 남편의 천 위로 가볍게 입을 맞추고 뺨을 비비는 것을 묵묵히 바라보았다.

내가 허망하게 주위를 서성이는 동안 교회 뒤쪽에서 어린 연인들이 서로 입을 맞추는 풍경이 눈에 들어왔다. 남자 쪽은 경증 감염자였고 여자는 멀쩡했다. 감염자는 머리털이 남아 있지 않았고 얼굴에는 우둘투둘한 돌기가 있었다. 하지만 키스를 하는 여자애에게는 상대의 외모 따위는 눈에 들어오지 않는 듯했다.

둘을 보고 있자니 어쩐지 온 세상으로부터 버림받은 기분이 들었다. 문득 주머니에 손을 넣으니 구깃구깃한 명함이 잡혔다.

✳

✶

5

해안 카페는 창가 자리마저도 꼬질꼬질했다. 가게
주인이 청소도 않고 문을 열었는지 식탁은 끈적였고
마루와 의자는 먼지가 뽀얗게 올라 있다. 삼 년 전부
터 무인 카페로 운영되는 곳이다. 주인은 매표소처럼
작은 구멍만 빠끔 낸 주방에 틀어박혀 구멍으로 주문
서를 받고 음식을 내민다. 전망이 좋은 카페지만 지
금 창밖에 보이는 풍경이라고는 썩은 물고기와 플라
스틱 더미뿐이었다. 주인이 내온 레모네이드는 시큼
한 냄새가 났고 유리컵에는 지문과 입을 댄 자국까지
남아 있었다. 나는 괜스레 창피한 마음에 휴지에 물
을 부어 컵과 식탁을 닦았다.

✶

하우진이 두리번두리번하며 문가에서 모습을 드러
내었다. 우진은 나를 발견하더니 손을 크게 흔들며
기운차게 인사를 했다. 음침한 가게 안은 이 남자가
발을 들이는 것만으로도 환해지는 듯했다.

"민박집은 잘 찾았어요?"

내가 묻자 우진은 예, 예, 하면서 요란하게 의자를
당겨 털썩 앉으며 손부채질을 하고는 레모네이드를
단숨에 후루룩 반이나 빨아 먹었다. 발 딛는 자리마
다 시끄러운 종류의 사람이다 싶었다.

"마을에 차편도 없고 택시도 안 다녀서 한참 대로
변을 걷기는 했지만요. 상상 이상이더군요. 벽지는
젖어서 우글거리고, 바닥에는 거미가 기어 다니고,
변기에서는 시커먼 물이 나오더군요. 문고리가 망가
져서 자물쇠로 이중으로 잠가야 하는데, 그 자물쇠마
저도 당기면 그냥 쑥 빠져요. 누가 작정하고 방에 들
어오려고 하면 다 들어오겠더군요."

기운찬 목소리. 찬찬히 뜯어보니 아까 얼핏 보았을
때보다도 더 잘생긴 사람이었다. 배도 안 나왔고 키
도 훤칠했고 이목구비도 뚜렷했다. 감염자 아니면 소
금 바람에 찌들어 주름이 자글자글한 사람들만 보다

가 도시물 먹은 매끈한 사람과 얼굴을 맞대고 있으니 눈이 부실 지경이었다. 가족은 있을까, 아내나 아이는 있을까, 하는 뜬금없는 생각이 머리를 스쳐 갔다.

"민박 주인이 우울증이 심하더군요. 내가 올해 처음 본 사람이래요. 첫 손님도 아니고 처음 본 '사람'이라니. 아니, 그러면 좀 소중히 대해줘야지. 방에 들어가는 십 분 사이에, 저 시커먼 바다를 보고 있으면 속이 꽉 막혀서 죽어버릴 것 같다는 말을 네 번은 들었어요. 앞말을 살짝 흐리면서 '으~만 원'이라고 해서 오만 원 냈더니 바로 '으~육만 원'이라는 거예요. 아니, 만 원에 목숨 걸 일 있나."

아마 적금도 들고 있겠지. 보험도 서너 개 들었을 거고. 주식도 좀 하고 있겠지. 부동산도 알아보고 다닐 거고. 내일이 오늘처럼 이어지고, 내년이 올해처럼 이어지고, 사회 전체가 내 일상의 평온을 위해 전력으로 돌아가고 있다고 믿어 의심치 않으며 살 수 있겠지.

"인터뷰는 좀 따셨나요."

"민박집 주인은 사람 말을 잘 못 알아듣는 기색이고, 대신 소방서 앞에 망부석처럼 앉아 있는 할아버

지하고 잠깐 대화해봤어요. 인류가 천벌을 받았다느니, 바다 신의 분노라느니 하는 말만 빼면 그럭저럭 들을 만은 하더군요. 아, 재미있었다는 뜻이지 도움이 되었단 뜻은 아녜요. 자기 친구와 가족과 마을 주민들을 바다에서 올라온 아가미 달린 괴물들과 바꿔치기 당했다고 믿는 듯했어요. 뭐, 나이 드신 분이 이런 데서 오락가락하다 보면 그런 기분이 들기도 하겠죠. 그리고 선생님 전화받고 바로 달려온 참이에요."

말을 마치고 우진은 나를 머리에서부터 발끝까지 훑었다.

"선생님은 이 마을에 오신 지 얼마 안 된 건가요? 파견 나오셨다든가, 자원봉사 오셨다든가."

우진은 내 피부와 이목구비를 샅샅이 살피고는 내 허리춤에 달린 진압봉과 군용 나이프를 기웃거렸다. 자신이 뭘 보고 하는 말인지 알아달라는 양 큼지막한 동작과 표정으로.

"놀러 왔다가 갇혀버린 불행한 관광객 중 하나예요. 달리 먹고살 길도 없다 보니 특별히 허가를 받아서 자경단 비슷한 일을 하죠."

"아, 도둑을 잡는다든가…"

"마을 주민들 다 뻔히 아는 사이라 그런 건 딱히 없어요. 주로 자가격리를 어긴 주민들을 때려잡아서 집에 돌려보내죠."

"아."

우진은 이해했다기보다는 더 듣고 싶은 문제가 아니라는 얼굴로 어깨를 들썩했다.

"제가 물어본 이유는, 선생님 얼굴이, 에…."

"멀쩡하죠."

나는 재빨리 답했다.

"그래서 어디 항체가 있을 거라고 생각해서 피도 한 드럼통은 뽑아갔어요. 내 몸에 붙어 있는 건 다 종류별로 뜯어갔을 거예요. 아직 아무것도 안 나왔어요. 그냥 기막히게 운이 좋은 거예요. 다른 비감염자들과 마찬가지로요. 내일은 어찌 될지 모르는 거고. 어차피 여기 갇혀 사는 이상 오래는 못 갈 거고."

"비감염자는 내보내야 하는 것 아닌가요?"

"감염 경로를 몰라서 안 된다더군요. 무증상 감염자일 수도 있으니. 이해는 해요. 감염이 마을 밖으로 퍼지기 시작하면 국가가 마비될 거예요."

우진의 얼굴에 그늘이 드리워졌다. 무슨 생각이 들

었는지 레모네이드 잔을 불안하게 딱딱 두드렸다. 그리고 남이 들으면 안 되는 말이라도 하듯 주변 눈치를 보며 목소리를 죽이고 몸을 숙였다.

"아까 오다가 우연히 감염자 얼굴을 봤어요…."

마치 아무도 모르는 비밀을 자기 혼자만 알게 되었고, 그 비밀을 혼자만 품고 있기에는 감당하기 어렵다는 듯한 목소리였다. 숨이 더워지고 호흡이 빨라지는 것이 느껴졌다.

"선생님 연락받고 나오는데 해안가에 엄마와 아이처럼 보이는 둘이 손을 잡고 걸어가는 거예요. 손을 마구 흔들며 인사를 하며 다가갔죠. 주머니에 딸기맛 초콜릿도 있었거든요. 호감을 사서 인터뷰나 딸 생각이었죠. 그런데 애가 나를 보며 걷다가 넘어졌고, 돌풍이 날아와서 두 사람 얼굴을 감싼 천이 벗겨졌어요."

우진은 소름이 돋는 얼굴로 레모네이드 잔을 붙잡고 맥주처럼 벌컥벌컥 들이켰다. 그리고 호흡을 가다듬으며 넥타이를 조금 풀어헤쳤다.

"보는 순간 말문을 잃었어요. 피가 말라붙는 것 같더군요. 현장 연구가 안 되고 있다는 제 생각이 맞았어요. 애가 머리에는 머리털이 하나도 없었는데, 머리를 밀었을 때 흔히 나타나는 모공 자국마저도 없었어요. 그냥 매끈했어요. 햇빛을 받아 번들거리더군요. 게다가 목뼈가 이상 발달해서 목이 앞으로 툭 튀어나와 있고 목 뒤에는 튀어나온 돌기가 보이더군요. 안압이 높아진다는 건 알고 있었지만 둘 다 안면 기형이 심했어요. 턱뼈가 물고기나 개구리처럼 돌출 구조로 변형하고 있더군요. 골격 기형으로 입이 트고 헌 자리에 고름이 끼어 있었고, 피부는 죽은 물고기 같았고, 얼룩덜룩한 반점이…."

점점 언성이 높아지던 우진은 내 표정을 보더니 말문을 닫았다.

"죄송합니다. 제가 너무 놀라서. 사진은 좀 봤지만 직접 보는 건 차원이 다르더군요."

"괜찮아요, 그럴 수도 있죠. 처음 보면 놀랄 만도 하죠."

"그 정도 중증 환자가 돌아다녀도 되는 건가요? 격리 지침은 어떻게 된 거죠?"

"주말이라 예배 보러 나왔을 거예요."

"주말에는 세균도 달력 보면서 아, 오늘은 쉬는 날

이구나 하고 쉬기라도 하나 보네요."

어차피 격리는 경증 환자부터 조금씩 완화하고 있
다. 모두가 집 안에 붙어 있으면 병이 아니라 가난으
로 죽을 수도 있다. 사람이 살려면 누군가는 어디선
가 일을 하고 움직여야 하니.

"…마치 세상의 악의를 다 끌어모은 것처럼 생겼더
군요."

그 말을 듣는 순간 마음에 툭, 하고 돌이 얹혔다.
이 사람에게 가졌던 호의를 포함하여 애인이나 가족
에 대해 물어볼까 하며 두근두근했던 마음이 한순간
에 차게 식었다.

"악마 같다고밖에는 표현할 길이 없었어요. 마치
지옥에서 올라온…"

"추하죠."

내가 말을 끊었다.

"이 마을 주민들은 추해졌어요. 하지만 추함은 악
과 관계가 없어요. 둘은 서로 빗댈 것이 아니에요."

우진은 돌연 말을 멈추고 다리를 꼬고 앉아 퉁명스
러운 얼굴로 창밖을 내다보았다. 기분이 팍 상한 기
색이었다.

"그렇기는 하죠."

나는 그제야 이 멀끔한 외모의 남자 마음에 단단히 둘러쳐져 있는 벽을 보았다. 세상에 제 머릿속밖에는 없는 종류의 사람이라는 것을 눈치챘다. 자신의 말에 예, 예, 하고 고개를 끄덕이는 청중이 가장 익숙한 소통 대상인 종류의 사람이라는 것을. 나는 착잡한 기분으로 이 사람에게 가볍게나마 가졌던 호감을 차곡차곡 접어 거두었다. 그래도 뭐, 우울과 절망에 사로잡히지 않은 사람과 수다를 떠는 것도 오랜만인데, 흔한 잘난 사내자식이 갖는 평이한 오만함 정도야, 잠깐 감수해줄 수도 있지.

우진은 스마트폰을 꺼내 손으로 툭툭 눌렀다. 양 손가락으로 화면을 키웠다 줄였다 하며 창밖을 두리번거리는 걸 보니 지도를 보는 모양이었다.

"나하고 같은 기종이네요."

내가 내 핸드폰을 들어 보이며 말했다.

"아, 저도 잘 안 바꿔서요."

우진은 심드렁하게 말을 이었다.

"치료가 필요한 동해병자는 다 사랑병원으로 보내지요?"

"처음에 거기로 보내기 시작했으니까요. 큰 병원은 아니지만 어쩔 수 없지요."

동해병 자체는 치료할 수 없지만, 운이 나쁜 경우 자라난 골격이 내장 기관을 압박하거나 잘못 찔러 내출혈을 일으킬 때가 있다. 안면 기형이 호흡을 방해하기도 한다.

지역 병원인 사랑병원이 동해병 전문 병원으로 지정되었지만, 최선의 선택이라기보다는 다른 도리가 없는 선택이었다. 가장 가까운 곳이었으니까. 병원에서 강제 퇴원해야 했던 원래 입원 환자들이며 주변에 사는 주민들이 생존권을 보장하라고 시위도 오래 했었다.

"병원 설비나 의료진은 괜찮은 편인가요?"

"괜찮기를 바라야죠. 사랑병원은 의료진 이외에는 일체 접근 금지예요."

"어제 사랑병원장 형인가가 횡령 비리 터져서 뉴스 크게 났는데 보셨어요?"

"들었어요."

"착복이 있었다는데, 집에서 발견한 현금만 해도 어마어마하더라고요. 의사들 부자인 거야 알긴 했지만, 어디서 그렇게 돈을 모았을까요? 그래서 병원장이 지원금만 받아먹고 환자들 제대로 치료 안 한 거 아니냐는 소문이 돌아요."

그제야 정 간호사의 얼굴이 떠올랐다. 그 얼굴에 내려앉은 피폐함, 과로와는 다른 종류의 무엇이. 어쩌면 병원장이 지금쯤 서류를 파기하고 비행기표를 끊고 튀었을 수도 있다는 생각이 들었다. 그러면 병원에 있는 환자들은 어떻게 되는 거지?

불안한 기분이 엄습했을 때 주머니에서 카톡이 울렸다. 현준 경사였다.

'누님, 아침에 말씀드렸던 사상자 말인데요. 좀 이상해요. 지금 문서를 보내드릴게요.'

"오기 전에 버스에서 소록도 역사를 다룬 책을 좀 읽어봤는데요."

우진은 내가 카톡을 보는 동안 혼자 지껄이기 시작했다.

"처음에는 좋은 의도로 모아 놓았지요. 첫 병원장은 존경도 받았고요. 하지만 일제 시대가 계속되자 환자들은 끔찍하게 학대당했대요. 그러다 환자 한 명이 병원장을 살해한 사건이 있었어요. 살인이지만 상대가 일본인이니 의거에 해당했죠. 그리고 삼 년 뒤에 독립이 오자 환자들은 자치권을 요구하면서 항의를 했어요. 그래서 어떻게 됐는지 아세요?"

나는 우진을 올려다보았다.

"병원 직원들이 환자 여든네 명을 살해해서 매장해버렸어요. 산 채로 땅에 묻고 불태워버렸지요. 사람이라고 생각하지 않았던 거예요. 그저 병에 걸린 사람들이고, 우연히 그 병이 외모를 못생기게 만들었을 뿐인데."

인간은 어째 그 모양이냐고 한탄하는 줄 알았는데 말 저변에서 묘하게 다른 의도가 느껴졌다. 마치 그게 자연스러운 인간의 본성이라고 말하는 듯한. 그래서 자기가 느끼는 두려움이 정당하다고 변명하는 듯했다.

하지만 우진의 말은 귀에 더 들어오지 않았다. 현준 경사가 보내온 신원 확인서에 있을 수 없는 사람의 이름이 있었기 때문이었다. 나는 급히 답문자를 쳤다.

'이 사람 확실해?'

'자료에 의하면 그래요.'

'그럴 리가 없잖아?'

'네, 이상하지요? 그러면 늘 교회에 오던 그 사람은 누구죠? 우린 그동안 누구와 만나고, 인사 나누고, 대화하고 있었던 거예요?'

6

✴

　예보대로 먹구름이 바다에서부터 올라오기 시작했
다. 네 시밖에 안 되었는데 벌써 날이 밤처럼 어둑어
둑했다.

　초인종은 먹통이었다. 물때가 시커멓고 버튼에는
이끼가 끼어 있다. 오랫동안 아무도 손을 대지 않은
듯했다. 윤희네 집은 텃밭과 비닐하우스 한가운데에
자리한 2층 나무집으로, 홍수가 휩쓸고 간 아랫마을
에 있었다. 주변 집들은 부서진 채로 방치되어 있고,
당시 이 집만 어렵게 축대를 쌓고 지붕을 수선하고
벽을 세웠다. 벽은 축축해서 페인트칠이 다 녹아 있
었고 창문까지도 담쟁이덩굴로 뒤덮여 있었다. 고목

✴

처럼 쩍쩍 갈라진 문에는 당시 정부에서 붙여둔 "감염자 거주, 접근 금지"라는 팻말이 녹슨 채로 붙어 있었다. 윤희네 남편은 격리 지침을 어긴 적이 없고, 그렇기 때문에 내가 찾아올 일도 없었다. 초인종이 반응이 없자 나는 문을 탕탕 두드렸다.

안에서 누군가 나무 계단을 내려오는 소리가 들렸다. 걷는다기보다는 질질 끄는 소리였다. 적막한 가운데 삐걱, 삐걱, 하는 소리만 음산하게 들렸다. 유달리 길고 느린 걸음이다. 윤희가 2층이 아니라 어느 머나먼 곳에서 걸어오는 듯한 착각마저 들었다.

걸쇠가 걸린 문이 빠끔 열렸다. 윤희가 문틈 사이로 눈을 대고 밖을 내다보았다. 불을 켜지 않고 지내는 걸까, 어두컴컴한 안에서 윤희의 안광만이 스산하게 빛을 발했다.

"무슨 일이야, 무영 씨?"

"업무차 왔어. 남편한테 뭐 좀 물어볼 게 있어."

나는 핸드폰에 찍힌 경찰서장 도장이 박힌 경찰 배지 사진을 보여주었다. 우스운 형태지만 이 마을 안에서는 합의된 약속이었다.

"여기 감염자 집이야. 비감염자가가 오면 안 돼. 나

중에 교회에서 봐."

"잠깐이면 돼."

"무영 씨, 오늘은 집에 있는다고 안 했어?"

순간 위화감이 엄습했다. 나는 집에 있겠다고 하지
않았다. 집에 있으라고 한 건 이 친구다. 오늘 밖에
나다니지 말라고. 그런데 왜 나는 오늘 집 안에 있어
야 하는 거지?

"나중에 밖에서 봐. 집 청소 안 해서 엉망이야."

안에서 비린내가 확 풍겼다. 마을 전체에서 풀풀
나는 비린내를 압도하고도 남을 흉악한 냄새였다. 썩
은 생선이라도 안에 몇 박스 들여놓은 게 아닌가 싶
었다. 윤희가 문을 도로 닫으려는 찰나 나는 날쌔게
문틈으로 손을 집어넣었다.

윤희가 새된 비명을 질렀다.

"미쳤어? 뭘 하는 거야?"

윤희가 내 손가락을 떼어내려 했다. 하지만 매일같
이 미친 자식들과 몸싸움하며 사는 나였다. 나는 돌
처럼 버티고 서서 침침한 집 안을 들여다보았다. 불
은 다 꺼져 있었다. 무덤 속을 들여다보는 기분이었
다. 나는 담벼락에 발을 대고 있는 힘을 다해 문을 당

83
✴

겼다. 녹슨 걸쇠가 흐물흐물해진 벽에서 큰 소리와 함께 떨어져 나갔다.

나는 윤희를 옆으로 밀치고 핸드폰 플래시를 켜서 안을 밝혔다. 불빛에 바퀴벌레들이 사방으로 숨어들었다. 안은 밖보다 상태가 심각했다. 누가 집을 더러운 바닷물 속에 푹 담갔다 꺼낸 듯했다. 벽에는 버섯과 따개비가 자라고 있었고 각종 벌레들이 벽에 구멍을 뚫고 꿈틀거리며 기어 다녔다. 축축한 커튼에는 곰팡이가 새까맣게 자라고 있었고 세면대 밥그릇에도 벌레가 둥둥 떠 있었다. 장판에서는 물이 축축하게 올라왔고 밟으면 푹푹 꺼졌다. 물풀이 바닥에 엉겨 붙어 있고 저쪽 기울어진 바닥에서는 아예 뿌리를 내리고 자라는 것도 있었다.

'바닷물이다.'

나는 처참한 집 안 상황을 보면서 생각했다.

'집에 바닷물을 들이붓고 있어. 어쩌면 매일, 매일. 벽이며 바닥에 온통.'

"나, 남편 때문에 그래."

윤희가 더듬거렸다.

"조금이라도 건조하면 피부가 갈라져. 습기를 좋

아해. 의사도 추천하더라고. 가습기 구하기도 어려워서. 그래서….”

2층에서 크게 삐걱거리는 소리가 났다. 윤희가 계단을 내려오며 내던 것보다 한층 육중한 소리였다. 나는 한달음에 2층으로 뛰어올라갔다.

“집안 꼴이 엉망이라 보여주기 싫다고…! 제발 나가! 나가라고!”

나는 방문을 홱 열어젖혔다. 안에 있던 사람이 놀라 멈춰서며 나를 돌아보았다.

아니, ‘사람’이 아니었다.

윤희의 남편, 아니, 남편일지도 모르는 무엇인가의 크고 둥그런 눈이 나를 응시했다. 튀어나오다 못해 얼굴의 반을 가릴 정도로 큰 눈이었다. 나는 천으로 꽁꽁 싸매고 있던 안쪽의 모습을 처음으로 맞닥뜨렸다. 턱뼈는 개구리처럼 돌출되어 있었고 목은 주름이 잡혀 있었다. 굽은 등에 돋은 돌기에는 지느러미로밖에 보이지 않는 것이 자라나 꿈틀거리고 있었고 손발에도 투명한 물갈퀴가 나 있었다. 몸은 썩은 나뭇잎 같은 초록빛이었고 검은 얼룩이 전신을 뒤덮고 있었다. 귀가 있어야 할 자리에는 아가미가 뻐끔거리며 거품을 내고 있다.

방 한가운데에는 김장용 대야가 놓여 있었고 대야
에는 물풀로 가득한 더러운 바닷물이 채워져 있었다.
괴물은 그 안에서 막 몸을 일으키는 참이었다. 벌거
벗은 채였고 허겁지겁 겨우 셔츠만 걸치는 참이었다.
상대의 외양을 지우고 보면 둘이 뭘 하고 있었는지에
대해 굳이 의문을 가질 필요는 없었다. 이것은 윤희
의 남편이다. 그것도 언제부터인가 깨가 쏟아지는 남
편이다.

끼리럭끼릭. 끼릭.

괴물이 위협하는 소리를 냈다. 목이 크게 부풀고
날카로운 이빨이 드러났다. 괴인의 근육이 단단해지
는 것을 본 나는 번개같이 허리에 손을 대었다. 내가
쥔 것은 진압봉이 아니었다. ⋯**오늘이 그 날일 줄을
알고 있었다.** 창문에 내리꽂히는 등대 불빛이 내 칼에
반사되어 서늘하게 빛났다.

"여보, 진정해. 무영 씨, 진정해."

허겁지겁 달려온 윤희가 나를 뒤에서 온몸으로 끌
어안았다. 등에 닿는 살이 축축했다. 채 말리지 못한
몸. 아마도 조금 전까지 윤희는 저 대야 안에서 저것

과 뒹굴고 있었을 것이다.

"무영 씨, 여보, 우리 매일 교회에서 인사했잖아. 모르는 사람들처럼 왜 이래?"

"저거… 당신 남편 아니야."

나는 칼을 쥔 손에 힘을 놓지 않으며 말했다.

"당신 남편은 죽었어. 전에 옥계항에서 발견된 부패한 시신이 당신 남편이야. 조금 전에 확인서 받았어. 저게 뭔지 몰라도 당신 남편 아니야."

"그래, 아니야."

윤희의 손가락에 핏발이 섰다. 이 사람이 온 힘을 다해 붙들고 있는 게 저놈이 아니라 나라는 점에서, 누구를 지키려 하는지는 명백했다.

"같이 먹고 자는 내가 그걸 모르겠어?"

괴인이 적의를 감추지 않은 채로 주춤했다. 어디 아픈 구석도 없어 보였다. 골격 이상도 기형도 피부병도 없어 보였다. 병자가 아니다. 그 자체로 완벽한 생물이었다. 이게 뭔지 몰라도 처음부터 이렇게 생겨먹은 종이다.

"저거 인간 아니야. 감염자도 아니야."

"그래, 아니야. 그래도 아주… 친절한 사람이야….

홍수가 나던 날 저 바다에서 올라왔어."

나는 적을 앞에 두고 하마터면 시선을 틀 뻔했다.

"해일이 집을 휩쓸고 간 뒤에 정신없이 내려와 보
니, 다 깨지고 부서져 있었고 남편은 온데간데없는
거야. 창문에 피가 묻어 있는 걸 보니 거기로 휩쓸려
간 것 같더라고. 그 대신 마당에 저 사람이 있었어….
다치고 고통스러워하면서. 숨을 헐떡이면서…."

괴인의 숨소리가 잦아들었고 근육에서도 힘이 풀
렸다. 대신 내 몸은 점점 공포로 빳빳하게 굳어 갔다.

"그날 먼저 내려온 사람들은 다 봤어. 다 봤어…."

"뭘 봤다는 거야?"

윤희의 눈에 섬뜩한 환희가 깃들었다.

"저 바다에서… 저 심해 바다에서 살던… 오래된
사람들이… 해류에 휩쓸려 여기까지 왔어…. 우리가
도와주지 않았으면 살아남지 못했을 거야…."

"도와줘…?"

피가 말라붙는 듯했다.

"누가? 누가 또 도와줬어? 몇이나 이 일을 알고 있
는 거야? 이런 것들이 마을에 얼마나 더 들어와 있는
거야?"

"착한 사람이야, 무영 씨. 친절하고 예의 바르고, 나를 때리지도 않아. 제발 못 본 체하고 가줘. 이 마을에서라면 나 저 사람하고 같이 살 수 있어. 난 저 사람을 사랑해…. 몇 년간 난 그 어느 때보다도 행복했어…."

"세상에, 세상에…."

뒤에서 다른 사람의 목소리가 들렸다. 나는 화들짝 놀라 돌아보았다. 우진이 계단에 서서 바들바들 떨며 핸드폰을 들어 괴인의 사진을 찍고 있었다. 황급히 저 아래를 내려다보니 문이 바람에 덜컹이고 있었다. 이런 젠장맞을, 카페에서 헤어진 뒤에 내 뒤를 미행해온 모양이다.

"아, 아무도 안 믿을 거야. 상상도…. 세상에, 끄… 끔찍해…. 괴…괴물…. 괴물…."

나는 한순간에 편이 바뀌었다. 나는 본능적으로 해원 주민 입장에 섰다. 이 일은 마을의 수치이고 그러므로 내 수치다. 이 기괴한 일이 뭔지는 몰라도 절대로 바깥 사람에게 보여주고 싶지 않은 풍경이었다.

"그만 찍어요, 그만!"

내가 핸드폰 앞을 막아서는데 뒤에서 귀를 찢는 소

리가 들려왔다. 지옥 바닥에서 나는 듯한 끔찍한 괴
성이었다.

괴인이 대야를 넘어뜨리며 날아올라 우진에게 덤
벼들었다. 대야에서 쏟아진 물이 계단으로 콸콸거리
며 흘러 내려갔다. 괴인은 우진을 넘어뜨리고 그 위
에 올라탔다. 사지를 짓누르고 입을 쩌억 벌렸다. 인
간의 입이 벌어질 수 있는 각도가 아니었다. 마치 악
어처럼 얼굴이 둘로 갈라졌다. 괴인의 입 안쪽에는
심해어처럼 날카로운 송곳니가 가득 돋아 있었다. 그
입안을 마주 본 우진은 비명을 지르며 물고기처럼 버
둥거렸다. 핏기가 가셨고 머리카락에서도 색이 빠지
는 듯했다.

나는 다시 순식간에 편을 바꾸었다. 나는 괴인의
몸을 온몸으로 붙잡고 사력을 다해 우진에게서 떼어
놓으려 했다. 하지만 괴인은 바윗덩이처럼 꼼짝도 하
지 않았다. 상상을 초월하는 힘이었다. 그동안 병자
처럼 비실대던 모습은 연기였거나… 아니면 건조한
바깥에서는 힘을 못 썼던 모양이었다. 괴인은 내가
매달리는 것도 아랑곳 않고 우진의 목을 콱 물었다.
우진이 악마에게라도 사로잡힌 듯한 비명을 질러대

었다.

이미 우진의 목은 반 이상 괴인의 입안에 들어가 있었다. 송곳니가 걸쇠가 되었으니 이대로 괴인을 강제로 뜯어냈다간 우진의 숨통과 식도와 목뼈가 같이 뜯겨나간다. 그리고 내버려두어도 마찬가지로 뜯겨나간다. 망설일 시간이 없었다. 선택해야만 했다.

…어쩌면 오늘이 날이었을 것이다.

나는 괴인의 목 뒤 경동맥에 칼을 꽂았다.

이번에는 뒤에서 절망에 빠진 애처로운 비명 소리가 들렸다.

피부가 돌처럼 단단해서 칼이 잘 들어가지 않았다. 나는 괴인의 등에 올라타고는 양손으로 온몸의 무게를 실어 검을 내리눌렀다. 일단 피부를 뚫고 나니 안쪽은 부드러웠다. 칼이 괴인의 목을 통과해 반대쪽에서 삐죽이 날 끝을 드러내었다. 그렇게 얼마나 기다렸을까, 꿈틀거리던 괴인의 몸이 물처럼 늘어졌다.

그제야 나는 긴장이 풀어져 숨을 몰아쉬며 털썩 주저앉았다. 괴인의 입을 강제로 손으로 열자 우진의 목에 촘촘히 박힌 송곳니 자국에서 피가 망울망울 솟았다. 동시에 괴물의 입에서 거무죽죽한 피가 투둑투

둑 쏟아져 내렸다.

"으아, 으아아, 으아아아!"

우진은 버둥거리며 기어 달아나려 했지만 손발에
힘이 풀려 미끄러지기만 했다. 나는 바둥거리는 우진
의 몸을 레슬링 자세로 두 다리로 끌어안고는 우진의
넥타이를 풀어 목을 감쌌다. 내가 목을 졸라 죽이려
한다고 생각했는지 우진은 더 애처롭게 발버둥 쳤다.

"제발 가만있어요! 비명 나오면 일단 숨통은 괜찮
아요. 얼른 병원에 가요! 감염됐을 수도 있어!"

마을에 구급차는 안 오니 직접 가야 할 거예요에
서부터 이 괴물도 감염자처럼 병균을 옮기는지 모르
겠지만 등등을 덧붙이려 했지만 내 말이 들리지 않는
듯했다. 이 사람 내부에 있는 모든 것이, 생명력과 지
성을 포함하여 사람을 살게 만드는 모든 것이 공포로
다 산화된 듯했다. 내가 떨어져 나가자마자 우진은
잡혔다 풀려난 야생동물처럼 아우성치며 계단을 네
발로 달려 내려갔다.

'저러다 일내겠네.'

현준 경사에게 연락해서 봐달라고 해야겠어. 병원
에 데려가 검사를 받게 하고…. 하지만 저 사람이 본

것은 말하지 않도록….

마지막 부분에서 나는 멈칫했다. 말하지 말라고?
뭘 말하지 말라는 거야?

문자를 치는데 뒤에서 송곳 같은 시선이 느껴졌다.
나는 그제야 돌아보았다. 윤희가 괴인을 온몸으로 끌
어안고 세상의 모든 저주를 다 내게 쏟아부어버리는
눈으로 노려보고 있었다. 몸에 온통 괴인의 피를 묻
히며 추욱 늘어지는 괴인을 추슬러 안아 올리며 원한
과 증오심에 불타는 눈을 내게 단단히 꽂았다.

"다른 수가 없었어."

나는 더듬었다.

"살인미수였어. 내가 안 막았으면 그 자식이 사람
죽였을 거라고. 서에 보고해놓겠어. 설명은 댁이 해
야 할 거야."

나는 모든 것이 다 어그러진 세상에서 어떻게든 이
성의 끈을 붙들어보고자 하는 최후의 인간이 된 기분
이었다. 나는 물고기 껍질처럼 늘어진 괴물을 애써
외면했다. 사실은, 내가 괴물과 마주쳤고 인류의 한
사람으로서 외계의 적을 처치했다고 말하고 싶었다.
하지만 윤희의 눈은 절망 속에서 말하고 있었다. 설

령 어떤 상황이었더라도, 내 남편이 인간의 모습이었
다면, 조금이라도 인간처럼 보였다면 그런 식으로 목
에 칼을 꽂지는 않았을 거라고.

윤희가 입을 열었다. 그 사람 입에서 한 번도 들어
본 적이 없는 낮고 음침한 소리였다. 아니, 평생 들어
본 적이 없는 무시무시한 소리였다.

"우린, 널, 봐주고, 있었어. 서무영."

"무슨 뜻이야?"

나는 자세를 바로 하고 물었다.

"봐주고 있었다고? 우리라니, '우리'가 누구지?"

"우리를 학대하고 괴롭히는 자를. 우리의 적을. 너
는 '적'에 속해 있었어, 서무영. 내가 온 힘을 다해 막
아주고 있었어, 내가."

"'적'? 적이 누구야? 나 말고 또 누가 적이지?"

"내가 맨 앞에서 막아주었지. 내가. 내가, 너를. 내
가, 너를. 내가 너만은 건드리지 말라고, 온 힘을 다
해 막아주었건만."

윤희가 카악, 하는 소리를 내었다. 핏발이 선 눈이
붉게 물들었다. 검은 이빨이 어둠 속에서 무시무시하
게 드러났다. 윤희는 괴인과 결합이라도 하고 싶은

듯 온몸으로 그것을 감싸 안았다. 식어가는 마지막 온기나마 기억하겠다는 듯이.

"이제는 널 지켜줄 사람이 없을 거다. 서무영. 이 마을에 더 이상 네게 호의를 베풀 사람도 없을 거다."

"…."

"목숨을 부지하고 싶다면 오늘 내로 이 마을을 빠져나가는 게 좋을 거다."

✳

✳

7

나는 윤희의 집을 비틀거리며 빠져나왔다. 속이 뒤집어지고 구역질이 났다. 하늘에서는 추적추적 비가 내리고 있었다. 바람이 거칠어지며 파도가 소란스레 바위에서 부서졌다.

'적'. 나는 그 단어를 곱씹었다. 적 그리고 우리.

그건 윤희가 지금 속해 있는 어떤 집단이, 마을 주민을 두 분류로 나누고 있다는 뜻이다. '적'과 '우리'로. 그리고 윤희는 내가 '적'에 속해 있다고 했다. 그러면, 나 말고 또 누가 '적'이지?

그때 바위섬 쪽에서 음울한 울음소리가 들렸다. 재갈매기 떼가 일제히 울어 젖히는 소리라 생각해보려 했지만, 그 안에 깃든 귀기만은 떨쳐낼 수가 없었다. 뼛속까지 차갑게 얼려버릴 듯한 서늘한 울음소리다.

바위섬에서 검은 먹구름이 뭉게뭉게 솟아올랐다. 나는 벼락같은 두려움에 사로잡혀 꼼짝도 못 하고 먹구름을 바라보았다. 거기서 무엇인가가 나를 응시하고 있었다. 내게 무엇을 원하느냐고 되물어보아도 돌아오는 것은 바람 소리뿐이었다. 그 시선만으로 나는 온 세상으로부터 버림받은 기분에 사로잡혔다. 저 구름이 한순간에 나를 휘감아 벼락보다도 빠르게 내동댕이쳐, 아무도 모르고 아무에게도 애도 받지 못하는 가운데 죽어 없어져버릴 것만 같았다.

얼마나 그렇게 멍하니 서 있었을까, 현준 경사의 카톡이 울렸다.

'누님, 말씀하신 대로 바로 해뜰이민박으로 달려가 봤어요.'

'도시에서 오신 그분, 방에 틀어박혀서 계속 소리를 지르고 있더군요. 괜찮으시냐고 문을 한참 두드렸는데 답은 없고 소리만 지르는 거예요. 걱정되는 마음에 주인에게 열쇠 달라고 해서 문을 강제로 열었죠. 짐을 싸고 계셨는데 손이 떨려서 넣는 것 반은 도

97

로 빠져나오고 있더라고요. 그런데 저를 보더니 소리를 지르며 경기를 일으키더군요. 제 얼굴을 보고 놀란 것 같았어요. 그리고 짐이고 뭐고 다 내던지고 창문으로 도망쳐버렸어요.'

아, 망했군.

'걱정이네요. 날도 궂은데. 보건소에 모셔다드리고 진정제라도 놔드려야겠어요. 다른 자경단원들에게도 찾아보라고 했어요.'

적.

그 단어가 계속 머릿속에서 맴돌았다. 현준 씨는 '적'일까, '우리'일까. 만약 나를 포함해서 경찰과 자경단이 '적'에 속한다면. '적'은 오늘 밤 어떻게 되는 거지? 나는 현준 씨에게 주의하라고 경고해야 하는 걸까, 아니면 내가 알게 된 걸 숨겨야 하는 걸까?

'윤희 씨네는 가 보셨어요?'

현준 경사의 문자에 나는 화들짝 놀랐다.

'남편은 만나보셨어요?'

나는 망설였다. 망설임이 저쪽에도 전해질까 겁이 나서 서둘러 문자를 쳤다.

'아직.'

'그래요…. 늦었으니까요. 하지만 아마 보고서가 잘못됐을 거예요.'

나는 잠시 침묵했다.

'현준 씨, 내가 조금 전에 이상한 소리를 들었는 데….'

'뭔데요?'

'그날, 해일이 마을을 휩쓴 날 말야…. 동네 사람들한테서 바다에서 다른 종족이 올라왔다든가 그런 말 들은 적 있어?'

말을 하고도 우스워졌다. 사실일 리가 없지. 하지만 사실이기를 원했다. 방금 내가 본 것은, 그건 인간이 아니여야만 한다. 그래야만 한다. 그게 만약 인간이라면 나는 지금 살인을 한 셈이다. 거의 아무 위화감도 죄책감도 없이, 마치 당연히 해야 하는 일을 하듯이. 그러니 그건 인간이 아니어야만 했다.

액정 너머는 조용했다. 뭘 쓰는 표시가 났다가 사라졌다가 했다. 전화를 걸었어야 했다는 생각이 들었다. 아니면 화상통화를 하든가. 나는 후회했다. 문자로는 현준 경사가 지금 어떤 생각을 하고 있는지 알수가 없었다. 무슨 헛소리를 하냐며 웃고 있는지, 아

니면 음산하게 낯빛을 바꾸며 거짓말을 꾸미고 있는
지.

적, 우리.

'예, 그렇게 말하는 사람들이 있어요.'

현준의 문자가 찍혔다. 핸드폰 위로 빗방울이 톡톡
떨어졌다.

'자기 가족은 그날 해일에 휩쓸려 죽었고 저 심해
에서 오래된 종족이 기어 올라와 자기 집에서 같이
살고 있다고요. 진심으로 그렇게 믿는 사람도 몇 명
봤어요. 집단 최면이라고 하나? 한 명이 진심으로 뭘
믿고 계속 주장하다 보면 다른 사람들도 덩달아 믿어
버리게 되곤 하죠. 그게 아무리 이상한 생각이라도
요. 저는 주민들이 그렇게 생각하고 싶은 것도 이해
가 가요. 가족이 그렇게 끔찍한 모습으로 변해버렸다
고 생각하느니, 차라리 다른 종족으로 교체되었다고
생각하는 게 더 받아들이기 쉽지 않겠어요?'

그제야 이런 말을 내가 안 듣고 산 건 아니라는 생
각이 들었다. 들을 때마다 흘려들었을 뿐이다. 나는
아무것도 알 수 없는 기분에 빠져들었다.

'피곤하신가 봐요. 집에 가서 쉬세요.'

✱

차갑게 내려앉는 비에 으슬으슬 몸이 떨렸다. 나는 허리에 꽂은 칼을 뽑아 들어보았다. 빗줄기가 칼날을 타고 흘러내렸다. 칼날에 묻은 뻘건 것을 계속 바라보는 사이에 칼은 깨끗하게 씻겨 내려갔다. 눈에서 피가 사라지자마자 나는 금세 내 기억을 의심했다. 나는 눈을 감았다 뜨고는 문자를 쳤다.

'왜 자꾸 나더러 집에 가라고 하는 거야?'

답이 늦었다.

'피곤해 보이셔서요. 무슨 일 있으세요?'

나는 축축해진 옷을 여미고 점퍼를 머리에 뒤집어쓰고는 서둘러 집으로 향했다.

마을을 나갈 수는 없는 노릇이니 집에 틀어박혀 있을 생각이었다. 오늘 밤만 집에서 나오지 않으면 아무 일도 없을 거야. 자는 동안 모든 무서운 일들이 다 지나갈 거야. 나는 아무 근거도 없이 그리 생각하며 발걸음을 재촉했다.

나는 산허리에 있는 내 집으로 오르는 좁은 골목에 들어섰다. 한 사람만 겨우 지나갈 수 있는 돌담길이었다. 털이 숭숭 빠진 흙빛 재갈매기가 이 멀리까지 날아와 앉아 있다가 훌쩍 날아갔다. 어두침침한 저편에서 누군가 길을 막고 섰다.

얼굴을 천으로 꽁꽁 동여맨 사람이었다. 덩치는 커다랗고 등은 굽어 있었고 붕대를 감은 두 팔이 축 늘어져 있었다. 감염자였다. 그것도 밖을 돌아다녀서는 안 되는 중증 환자. 나는 애써 저 사람이 우연히 내 반대쪽으로 가려다 길이 너무 좁아 멈춘 것이라 생각해보려 했다. 하지만 상대는 바위처럼 움직이지 않았다. 나는 그 사람이 손에 든 커다란 렌치를 눈여겨보았다. 렌치 위로 빗방울이 툭툭 떨어져 흘렀다.

내가 돌아서자 돌담길 반대쪽에서도 두 사람이 더 나타났다. 그중 하나는 아까 교회에서 만난 청재킷이었다. 격리 지시를 어긴 감염자가 셋.

앞에서 나를 막아선 사람이 천천히 얼굴의 천을 벗었다. 뒤에 선 사람들도 따라 벗었다. 한층 거칠어진 빗줄기 속에서 툭 불거진 눈과 두툴두툴한 종양이 난 얼굴이 드러났다. 나는 그 사람이 남자인지 여자인지, 성별도 나이도 알아볼 수 없었다. 하지만 나는 본능적으로 파악했다. 심영호 교수. 감염자들의 대표. 존경받는 정신적인 지주. 삼 년간 그들이 집에서 나오지 않도록 격려하며, 얌전히 질서를 지키도록 이끌어준 사람.

아아, 그래.

오늘 지옥문이 다 열리는 날이구나.

숨어 지내던 것들이 다 밖으로 나와 그 흉측한 모습을 세상에 다 드러내는 날이구나. 저들이 그 '우리'에 속한 자들이며, 오늘 이 '적'은 사냥당하는 날이로구나.

나는 나이프를 뽑아 손에 쥐었다. 그리고 어느 방향에서 치고 들어오든 공격할 수 있도록 옆으로 서서 귀로 움직임을 파악했다. 기왓장을 타닥거리는 몹쓸 빗줄기가 시끄러웠지만 방해될 정도는 아니었다.

심 교수가 기괴한 소리를 내었다. 사람의 언어가 아니었다. 구강 구조가 완전히 망가져버린 듯했다. 굳이 받아쓰자면 대강 이렇게 들렸다.

"판그루 그루나파 크툴루 리예 가나글 파탄…."

그리고 반대쪽에서 청재킷이 이를 받아 말했다. 저 친구의 역할은 통역인 듯했다.

"서무영, 우리와 함께할 기회를 주겠다. 우리와 함께 가자."

"기회? 무슨 기회? 어디를 가라는 거야?"

"가보면 안다."

"딴 데 가서 알아봐."

나는 칼을 쥔 손에 힘을 주며 답했다. 사람 하나 겨우 지나갈 법한 좁은 골목. 한 번에 상대할 놈은 하나. 적어도 어처구니없이 당할 만하지는 않다.

심 교수가 다시 못 알아들을 소리를 하며 내게 손을 내밀었다. 통역자가 되풀이했다.

"함께 가자, 서무영. 우리와 같이 가자. 기회를 주겠다."

✳

8

✳

해가 떨어지면 해원마을은 한 치 앞도 보이지 않는다. 밤에 여는 가게도 없고 길에는 가로등도 없고 조업을 나가는 어선도 없다.

셋은 나를 해안가로 이끌었다. 텅 빈 해양 경찰서가 있는 부둣가를 지나 도로에서도 한참 떨어진 모래밭과 자갈길을 걸었다. 파도에 신발이 젖어 금세 무거워졌다. 이러다가는 달아날 수도 없으리라는 생각에 나는 흙주머니가 된 양말을 버리고 신발을 벗어들고 걸었다. 셋은 내가 꾸물대는 동안에도 재촉하지 않고 지켜보았다.

저 멀리 툭 튀어나와 있는 해원 방파제에서 악천후

✳

에도 아랑곳없이 불의 제단이 피어올랐다.

나는 주택가와 도로가 가까워질 때마다 지나는 사람이 있는지 눈치를 살폈지만 아무도 없었다. 나는 처음으로 이 마을의 감염자와 비감염자 인구를 떠올렸다. 마을에 비감염자가 얼마나 남아 있을까…? 나는 집집마다 주민들이 창에 옹기종기 모여, 내가 이 길을 끌려가는 것을 조용히 지켜보고 있을지도 모른다는 생각을 했다.

셋은 도로를 지나 산을 타기 시작했다. 나뭇가지가 사정없이 발을 찌르자 나는 돌덩이처럼 무거워진 신발을 도로 신을 수밖에 없었다.

어디서 해치울 생각일까. 아니, 그냥 죽이기만 하면 좋으련만. 제발 그냥 죽이기만 하면 좋으련만. 나는 돌에 걸려 한 번 넘어졌다. 나는 내 몸이 무너진 것을 신호로 뭐라도 공격이 들어올 거라고 생각했는데 감시자들은 조용히 기다리기만 했다. 내 허리에는 아직 칼과 진압봉이 매달려 있다. 무기는 왜 빼앗지 않는 걸까. 그 정도는 자신이 있다는 건가.

산을 반쯤 넘은 뒤에야 나는 이들이 어디로 향하는지 깨달았다. 멀리서 건물이 눈에 들어오자 몸이 덜

덜 떨리기 시작했다. 사랑병원이다. 동해병자에게 습기와 냉기가 필요하다는 것을 몰랐던 무렵, 최초 감염자들이 줄줄이 죽어 나간 곳. 현이가 들어가서 다시는 나오지 못한 곳.

일행은 산을 내려가 병원 뒤로 향했다. 병원은 '방역 지역', '접근 금지' 팻말이 붙은 철조망으로 둘러싸여 있었다. 심 교수가 앞장서서 렌치로 철조망을 뜯고 들어갔다.

직원용 병원 뒷문에 이르자 안에서 마스크를 쓴 정 간호사가 문을 열었다. 셋은 인사조차 나누지 않고 안으로 거침없이 들어갔다.

나는 정 간호사를 힐끗 보았다. 정 간호사는 내가 오는 줄 알고 있었던 표정이었다. 그 눈빛이 말하고 있었다. '너는 우리에게 속한 것이 아니다. 네가 지금 어떻게 나오느냐에 따라 오늘 네가 살고 죽을 것이다.'

병원 안으로 들어간 나는 최대한의 자제력으로 버티며 벌어지는 풍경을 지켜보았다. 격리 병실의 모든 문이 열어젖혀져 있었다. 의사와 간호사들이 하나가 되어 감염자들의 몸을 감은 붕대를 벗기고, 수액

줄을 빼고, 침대에 묶어 놓았던 구속 천을 풀고 있었다. 감염자들이 기형이 온 얼굴을 고스란히 드러내며 일제히 걸어 나왔다. 하지만 감염자들의 추한 얼굴은 그리 두렵지 않았다. 나를 얼어붙게 만든 풍경은 복도 끝에 있었다.

병원장이 복도 끝에서 밧줄에 묶인 채 피투성이로 드러누워 있었다. 머리를 둔기로 심하게 얻어맞은 듯했고 한쪽이 함몰되어 있었다. 몇 번인가 교회에서 만난 적이 있다. "주 예수께서 병마를 몰아내주시기를 미입습니다" 하며 두 눈을 꽉 감고 몸을 개점용 풍선처럼 흔들며 설교를 하곤 했었다. 풍채가 좋고 인상이 서글서글해 보이는 사람이었다. 그 사람이 눈을 까뒤집고 혀를 축 늘어뜨리고 쓰레기처럼 내버려져 있었다. 나는 시신에서 눈을 떼지 않았다. 이 풍경을 눈에 확실히 담지 않으면, 내 공포와 상상이 왜곡해낼 그림이 더 무서울 것만 같았다.

병자들은 죽어 있는 병원장의 모습에 놀라지 않았고 거의 관심조차 두지 않았다. 모두 아는 일인 듯했다. 지금 이 살인이 모두의 동의하에 일어난 일이라는 뜻이다.

✳

청재킷이 나를 뒤에서 밀치며 턱짓으로 움직이라는 표시를 했다. 나는 입을 꾹 다문 채 꼼짝도 않고 청재킷을 노려보았다.

"움직여라."

나는 움직이지 않았다. 더 이상 수치를 견딜 이유가 뭐란 말인가? 내 결말은 어차피 정해져 있을 텐데. 이 이상 살인귀들의 비위를 맞춰줘서 뭘 한단 말인가? 버텨보았자 저들을 좀 더 즐겁게 해줄 뿐이지 않은가?

내가 가만히 서 있자 청재킷이 더 세게 밀었고 나는 반쯤 넘어질 뻔했다. 그들이 나를 계속 밀자 나는 모든 희망을 내려놓은 채 개처럼 따라 걸었다. 감염자들이 우리에게 합류했고, 함께 걷는 사람들이 늘어났다. 이들은 고요했고 가끔 입을 열면 알아들을 수 없는 말로 대화했다. 이미 자신들만의 새로운 언어를 만든 듯했다. 나는 병원 지하로 이끌려 내려갔다.

두려움이 수시로 침범해서 숨을 쉬기가 어려웠다. 그대로 고꾸라져 정신을 잃을 것만 같았다. 계단을 내려가는 동안 고약한 비린내가 코를 찔렀다. 윤희의 집에서 맡았던 그 악취, 썩은 바다 냄새, 축축한 습기.

지하에는 육중한 철문이 자리하고 있었다. 철제 자물쇠와 쇠사슬이 문을 막고 있었다. 시멘트를 새로 바른 흔적이 있는 것으로 보아 구조를 새로 고친 듯했다. 나는 철문 주위로 먹을 것이 말라붙은 양푼 그릇이 나뒹굴고 있는 것을 보았다. 문 아래쪽에는 개문처럼 보이는 작은 문이 있었다. 나는 뭔가를 잘못 보았나 했다. 거기에서 사람의 손 같은 것이 나와서 밖을 더듬거리다 들어가는 것을 본 듯해서였다.

심 교수가 옆에서 중얼거렸고 청재킷이 통역했다. 정확히 받아서 말할 수는 없는 듯 말이 건조하고 뚝뚝 끊겼다.

"오늘 병원장은 이 격리실을 소각시키고 달아날 생각이었다."

"병원장은 감염 증상을 축소해 보고하는 것으로 이 마을을 나가고 싶어 했다. 현상을 그대로 보고하면 다시는 나갈 수 없으리라 생각했다. 그래야 한다고 직원들을 설득했다."

"가장 과격한 증상의 환자들을 이곳에 숨겼다."

"금방 죽으리라고 생각했지만 습기와 어둠이 오히려 좋은 환경이 되었다."

✳

"우리는 알고 있다. 이것은 우리를 죽게 하지 않는다."

"우리는 그저 다른 것이 되었을 뿐이다."

"…그들과 마찬가지로."

이 말은 청재킷이 혼자 했다.

심 교수가 큰 렌치로 자물쇠를 끊고 철문을 열었다. 문은 여러 사람이 밀어야 겨우 움직였다.

나는 문가에 웅크리고 있던 것이 총알처럼 튀어나오며 양푼 그릇 바닥을 허겁지겁 뒤지는 것을 보았다. 사람이 아니었다. 절대로 사람일 수가 없는 것이었다. 등에는 지느러미가 돋아 있었고 머리에는 아가미가 들썩였다.

문 앞은 계단이었고 아래로 길게 이어져 있었다. 개조를 여러 번 한 듯했다. 벽에서는 물이 새고 있었고 곰팡이가 까맣게 자라고 있었다. 바닥에는 물이 흥건했다. 괴인들은 계단 양옆으로 앉아 있었고, 몸에는 옷이라고 할 수도 없는 지저분한 천을 두르고 있었다. 나는 가장 건강한 것들이 문 앞을 차지하고 음식을 받아먹고 있었다는 것을 깨달았다.

아래로 내려갈수록 지옥도였다. 물이 흥건한 바닥

에서 누더기 같은 천 조각을 걸친 자들이 시신과 한데 엉켜 있었다. 안면이 무너진 것이 시신 사이에서 밥을 주워 먹고 있었다. 납골당처럼 층층이 쌓인 철제 침대가 이들에게 제공된 전부였다.

나는 주위를 돌아보다가 얼어붙었다. 거대한 망치로 온몸을 두들겨 맞는 기분이 되었다.

나는 물웅덩이 위로 넘어지며 덜덜 떨며 그 사람에게 다가갔다. 자그마한 것이 지하실 구석에서 지저분한 두건을 둘러쓰고 웅크리고 있었다. 얼굴은 거무튀튀했고 이빨이 밖으로 돋아나 있었다. 도저히 알아볼 수 없는 얼굴이었지만 털이 다 빠진 머리에 찬 색 바랜 빨간 머리띠만은 알아볼 수 있었다. 옷은 흙과 먼지로 색이 다 삭아 있었지만 분홍색 레이스가 치맛단에 붙어 있었다. 나는 무릎으로 넘어지며 그것에게 다가가 머리띠를 손에 쥐었다. 어린 것은 그것만은 절대로 빼앗기지 않겠다는 듯 냉큼 내 손에서 낚아채갔다.

나는 아이를 정신없이 끌어안았다. 그제야 아이가 나를 밀치는 대신 품에 폭 안겨들었다.

"이…오?"

*

아이는 알아들을 수 없는 말을 하며 나를 끌어안았다. 아이는 그새 키가 훌쩍 자라 있었다. 피부는 초록빛으로 번들거렸고 손가락 사이에는 하얀 막이 돋아나 있었다.

나를 끌고 온 이들은 내가 현이를 끌어안고 오열하는 것을 조용히 바라보았다.

심 교수가 손짓을 하자 그들은 나를 내버려두고 자신들의 일을 했다. 내가 '적'도 '우리'도 아닌, 가엾은 여자에 불과하다는 결론을 내린 듯했다.

나는 사람들이 하나둘 밖으로 걸어 나가는 것을 느꼈다. 끔찍한 곳에서 그토록 오랫동안 갇혀 있었건만 서로를 밀쳐내지도, 먼저 나가려고 아우성치지도 않았다. 모두가 유령처럼 조용했다. 하지만 내게는 무엇도 중요하지 않았다. 내 품에 다시 돌아온 차가운 생명, 그게 전부였다.

✳

9

나는 문을 부수다시피 하며 집 안으로 들어왔다. 이불에 둘둘 말은 현이를 방에 눕히고, 무엇으로부터 애를 보호하려는지도 모르는 채로 문을 닫아걸고 창문을 닫았다. 나 좀 봐, 나 좀 봐. 적어도 집 안이 그 지하실보다는 깨끗해야 할 거 아니니.

애가 밖을 보고 싶을 거야. 계속 어두운 데 있었으니. 참, 따듯한 물로 목욕을 해야지. 난방을 돌려야지. 다락에 안 쓴 새 이불이 있을 텐데. 따듯한 옷이 어디 있더라. 나는 머릿속에서 정신없이 떠오르는 지시에 따라 이리 넘어지고 저리 넘어지며 허둥거렸다.

현이는 그러는 동안 이불에서 꾸물꾸물 빠져나와

창가로 기어갔다. 내가 다락에서 새 이불을 꺼내 바닥에 깔고 그간 한 번도 열지 않았던 캐리어에서 새 옷을 꺼내고 나서야 현이가 창에 서서 밖을 내다보고 있는 것을 알았다. '바다가 보고 싶었을 거야.' 나는 생각했다. 무엇이든지. 펼쳐진 것을.

나는 등 뒤에서 현이를 끌어안았다. 현이의 몸은 시체처럼 차갑고 미끌거렸다. 머리를 쓰다듬었더니 듬성듬성 난 머리카락이 보푸라기처럼 빠졌다. 현이가 가르랑거리는 숨을 내쉬자 썩은 낙엽처럼 부패한 냄새가 났다. 괜찮아. 나는 생각했다. 다 괜찮아. 아무렴, 무슨 상관이겠니. 여기 사는 사람들은 다 추한 걸. 그냥 우리, 마을 떠나지 말고 여기서 천년만년 살자. 그러면 괜찮을 거야. 다 괜찮을 거야.

"뭘 보니?"

내가 묻자 현이는 관절이 길게 늘어난 퉁퉁 붇은 손가락을 들어 창밖을 가리켰다. 나는 밖을 보았다.

어두컴컴한 거리에서 횃불이 하나둘 나타났다. 집집마다 창과 문이 모두 열렸다. 이 집에서, 저 집에서, 이 골목에서, 저 골목에서 사람들이 걸어 나왔다. 가족이 문을 열어주는 사람들도 있고 스스로 나오는 사람들도 있었다. 병원에서 온 감염자가 집으로 들어가자 오랫동안 불이 켜지지 않았던 집이 환하게 밝아지기도 했다. 거리에 나온 사람들 모두가 얼굴을 감싼 천을 벗어 던지고 있었다. 옷을 다 벗고 맨몸을 드러낸 사람도 있었다. 얼룩덜룩한 몸뚱이들이 거리에 가득 찼다. 나는 현이를 꼭 끌어안았다.

그래, 오늘 문이 열리는 날이었구나. 나는 현이의 몸에 얼굴을 묻고 생각했다. 숨어 지내던 것들이 다 세상으로 나오는 날이구나.

품 안에서 현이가 꿈틀거렸다. 현이가 움찔움찔하며 내 몸에서 빠져나와 문으로 가려 했다.

"현아, 어디 가니."

현이는 밖을 가리키며 내 손을 잡고 끌어당겼다. 악의 없는 본능밖에 남지 않은 자그마한 짐승처럼 보였다. 입을 열어 뭐라고 했지만 알아들을 수가 없었다. 입술을 읽어보려 해도 변형된 입을 읽을 수가 없었다. 하지만 현이는 내가 자기 말을 알아듣는 능력이 있으리라고 신뢰하는 듯 지치지 않고 말했다.

"현아, 나는 못 알아듣겠어."

내가 안타깝게 말하며 도로 끌어다 앉히려 해도 현

이는 자꾸 나가려고 했다.

"애, 목욕이라도 하고 가야지. 옷이라도 갈아입자. 밥이라도 먹고 가야지. 이모가 밥해줄게. 지금 계란에 밥 비벼줄게."

현이는 고개를 저었다.

'가야 해요. 저기 제 가족이 있어요. 제 친구들이. 나는 저기에 속해 있어요.'

그렇게 말하는 듯했다.

나는 자석에 이끌리듯이 현이와 함께 밖으로 나갔다. 빗줄기는 웬만큼 잦아들어 있었지만 강풍이 거세었다.

나는 현이의 몸을 손으로 옷으로 감싸려 애를 쓰며 걸었다. 이 날씨가 감염자들에게는 오히려 활기를 준다는 생각은 한참 뒤에야 했다. 돌담길을 지나 산을 내려가니 횃불을 든 사람들의 수가 점점 많아졌다. 길거리마다 오랫동안 만나지 못했을 사람들이 서로의 이름을 웅얼대며 부르는 소리가 들렸다. 모두가 문드러진 얼굴을 매만지며 서로를 끌어안았다.

검은 해안에 이르니 심 교수의 인도하에 마을 주민들이 횃불을 들고 모여 있었다. 나는 그들 사이사이

117

에 완전히 다른 종자들이 섞여 있는 것을 알았다. 변형되거나 감염된 것이 아니라, 완전한 생물들이. 초록색 피부에 지느러미와 물갈퀴를 단 것들이. 나는 아마도 그들이 감염자들 사이에 섞여, 그들이 미치지 않도록, 심신이 망가지지 않도록 지켜주었으리라는 생각이 들었다. 다른 세계의 법칙을 가르쳐주고, 다른 신체로 살아가는 법을 알려주었을 거라고.

나는 현이를 양손으로 꼭 붙들었다. 현이를 지키기 위해서, 그리고 이 이종족들 속에서 나 자신을 지키기 위해서. 아무도 이 애를 건드리지 마라. 내가 옆에 있으니. 아무도 나를 건드리지 마라. 너희 일원이 나와 함께 있으니.

해안 도로에 서서 한참을 보고 있자니 저쪽 길에서 괴인들이 천에 둘둘 만 것을 어깨와 어깨에 이고 오는 모습이 보였다. 천에 둘러싸인 쪼그라든 몸뚱이들이 하나씩, 둘씩 해안가에 놓였다. 괴인들은 서두르지 않았다. 하나를 내려놓으면 다시 어디선가 시신을 이고 내려왔다. 그리고 어둠 속에서 첨벙첨벙 하는 소리가 울렸다. 그들이 시신을 하나하나 바다에 밀어넣고 있었다.

✳

'장례식이다.'

나는 생각했다.

'장례식을 치르고 있어.'

해저에서 올라온 이들. 그들이 그 긴 시간 동안 짐승처럼 갇혀 지내며 바라마지 않았던 것은 음식도 따듯한 잠자리도, 하다못해 자유조차도 아니었다. 저들은 죽은 친구와 가족의 장례를 치르기를 원했다. 잃어버린 이들을 애도하기를 원했다.

그때 가까운 곳에서 찰칵이는 소리가 났다. 핸드폰 카메라 소리가 이 기이한 환상을 한순간에 현실로 돌려놓았다. 돌아보니 누군가가 가까운 집과 집 사이의 골목에 숨어서 이쪽을 연신 찍어대고 있었다.

그 사람은 어둠 속에서도 확연히 눈에 띄었다. 어디 하나 일그러지지도 망가지지도 않은 멀쩡한 외모를 갖고 있었으니까. 비장한 얼굴이었다. 인류를 위해 목숨을 걸기로 다짐한 르포 기자 같은 각오가 느껴졌다. 나는 그 사람을 바로 알아볼 수가 없었다. 하루 사이에 얼굴이 완전히 황폐해져 있었다.

"우진 씨?"

내가 이름을 부르자 그 사람은 새하얗게 질리며 경

기를 일으켰다.

"괜찮아요?"

내가 한 걸음 다가가자 우진은 비명을 지르며 바닥을 기었다. 몇 사람이 돌아보았지만 크게 관심을 두지는 않았다. 내가 끌어안고 있는 현이의 외모 때문에 겁에 질린 거란 생각은 들었지만 그래도 현이를 품에서 놓을 수는 없었다.

"우진 씨, 몸이 안 좋아 보이는데…."

우진은 제 시야를 지워내려는 듯 손을 마구 휘저으며 발악했다.

"저, 저, 저리 가! 저리 가, 이 추악한 괴물아! 꺼져, 이 악마야! 사라져!"

그때였다. 터엉, 하는 격렬한 폭발음이 마을을 뒤흔들었다. 반향음이 산과 건물에 부딪혀 저 멀리서부터 웅웅거리며 되돌아왔다. 모래사장 제일 뒤에 서있던 사람 하나가 마른 나뭇가지처럼 풀썩 무너졌다. 아직 상황을 파악하지 못한 주변 사람들이 서성서성했다. 넘어진 사람을 깨워보려고 몸을 수그린 사람이 다시 터엉, 하는 반향과 함께 풀썩 쓰러졌다. 횃불이 모래밭에 힘없이 굴렀다.

✳

'총'이라는 말이 철썩이는 파도 소리와 함께 사람들 사이에 울려 퍼졌다. 사람들이 비명 속에서 새처럼 흩어졌다. 썩은 생선이 짓밟히며 팽팽하게 배에 차 있던 가스와 함께 터져나갔다.

해변 너머 길가에서 파출소장이 악을 쓰며 총을 갈 기고 있었다. 얼굴이 새카매져 있었고 눈이 공포로 까뒤집혀 있었다. 이성을 잃고 발악하며 겨냥도 없 이 총을 쏴대고 다시 장전했다. 외계에서 온 괴물들 이 떼로 제 마당을 점령한 것을 발견한 미친 용사처 럼 보였다. 내가 본능적으로 현이를 품에 안으며 칼 을 뽑아 쥐었을 때… 반대로 현이가 몸을 돌려 나를 감싸 안는 것을 느꼈다. 피융, 하며 칼날 같은 바람이 몸을 스쳐갔다.

나는 '아, 다행이야. 스쳤을 뿐이야' 하고 생각하며 갑자기 무거워진 현이를 안고 털썩 주저앉았다.

현이는 액체처럼 흐느적거리며 무너졌다. 나는 현 이가 졸려서 잠투정을 한다고 생각했다. 그 역에서처 럼. 그렇게 생각하고 싶었다. 현이는 내 팔을 손톱으 로 뜯었고 이어서는 두 팔로 꼭 끌어안았다.

심 교수가 저 멀리에서 거의 네 발로 달려가는 것이

눈에 들어왔다. 인간을 초월한 속도였다. 근육이 파열하도록 부풀고 치열이 나간 턱뼈가 얼굴 피부를 열어젖혔다. 총알이 몸에 구멍을 뚫어대는데도 멈추지 않았다. 교수는 묵직한 몸으로 소장을 짓누르며 목을 물고 사자처럼 쥐고 흔들었다. 나는 교수가 소장을 잡아먹고 있다고 생각했다. 공포에 사로잡힌 비명 소리가 총소리와 뒤섞였다. 딸깍이는 소리가 한참을 이어지다 천천히 느려졌다. 교수의 몸에서 뿜어대던 짐승과도 같은 귀기도 같이 서서히 꺼져 들어갔다.

현이는 마지막까지 나를 끌어안고 놓지 않았다. 나도 마지막까지 놓지 않았다. 현이는 많이 울지도 않았다. 마치 고작 이 별것 아닌 잠깐의 움직임 하나를 위해서 지금까지 그 고단한 생을 유지해왔다고 말하는 것처럼. 내 아이는 어디서 죽음을 배웠을까. 생이 어느 날 끝나버리고 다시는 돌아오지 않는다는 것을 누구에게서 배웠을까.

내가 현이를 끌어안고 있는 동안 사방에서 가느다란 울음소리와 고통스러운 한탄이 이어졌다.

나는 넋을 놓고 모래밭에 주저앉아 있었다. 얼마나 그렇게 있었을까. 몸에 그늘이 드리워져 고개를 들어

보니 괴인 서넛이 나를 둘러싸고 있었다. 감염자가 아니라, 변형된 인간이 아니라, 처음부터 완전한 생물들이.

나는 그들의 몸이 발산하는 질척질척한 죽음의 냄새를 맡으며 무엇을 기다리는지도 모르는 채 기다렸다. 그러다 갑자기 이들이 원하는 것이 내가 아니라 현이라는 것을 깨달았다. 이들은 내가 자신들의 친구를, 가족을 내주기를 원하고 있었다.

"안 돼, 저리 가!"

나는 현이를 끌어안고 웅크렸다.

"내주지 않을 거야. 저리 가!"

그들은 말없이 기다렸다. 필요하다면 영원히 거기서 있을 수도 있다는 듯이 나를 둘러싸고 기다렸다. 안 돼, 제발. 차라리 이대로 나를 같이 저 썩은 바다 밑에 가라앉혀줘.

그리고 나는 서서히 깨달았다. 이 아이는 그들의 것이다. 더 이상 내 것도, 이 지상에 속한 것도 아니다. 자신의 새 고향으로, 저 바다로 돌아가야 한다.

손에서 힘이 빠져나갔다. 그들은 시간을 낭비하지 않고 내 손에서 현이를 끌어내었다. 검푸른 여러 손이 현이의 팔을, 다리를, 목을 받쳐 들었다. 나는 칼에 베인 듯 놀라 정신없이 도로 현이를 빼앗아 안고 웅크렸다.

나는 목놓아 울었고 그들은 다시 기다렸다. 이들은 현이가 자신들의 것임을 안다. 하지만 내게도 조금은 자격이 있음을 안다. 그만큼은 기다린다. 하지만 아이를 내게 줄 생각은 없었다.

'작별할 시간은 원하는 만큼 주겠다. 하지만 그래도 이것은 네 것이 아니다. 아이는 이제 우리 종족의 일원이다. 우리의 것이다.'

나는 반쯤 실신할 지경이 될 때까지 현이를 붙들었지만 힘이 빠져 그대로 모래밭에 쓰러지고 말았다. 괴인들은 쓰러진 내 품에서 정중히 아이를 안아 들었다.

"리예 파탄…."

마지막에 남은 한 괴인이 내 손을 잡고 알 수 없는 말로 속삭였다. 손은 차갑고 미끌거리고 축축했다. 깜박이지도 않는 크고 번들거리는 눈동자가 나를 마주했다.

무슨 말을 하고 싶은 거지?

나는 의문했다. 그리고 갑자기 어떤 생각이 들었다.

✳

만약에 이것이 장례식이 아니었다면…?

습기와 냉기가 이들의 몸에 도움이 되듯이, 저 바닷물이 이들을 치유해준다면? 저 춥고 어두운 심해에서, 이들이 죽음에서마저 살아날 수 있다면?

"현이를… 현이를 살려주려고 데려가는 건가요?"

나는 괴인의 축축한 손을 덥썩 붙잡았다.

"그렇죠? 살 수 있는 거죠? 그래서 다들 여기 모여서 동료의 시신을 데려가고 있는 거죠, 그렇죠? 현이도 그래서 데려가려는 거죠? 당신들의 해저 왕국에서 같이 살려고, 그렇죠?"

괴인은 계속 속삭였지만 내가 원하는 말은 해주지 않았다.

"말 좀 해줘요! 제발! 대답을 해!"

나는 울부짖었다. 내 말을 알아들을 수 없기는 괴인도 마찬가지였을 것이다. 괴인은 내 손등을 한 번 토닥이고는 나를 두고 일어났다.

나는 그들이 나를 지나 열을 지어 바다로 향하는 것을 멀리서 바라보았다. 내 아이가 괴인들과 함께 검고 거친 바다에 잠겨 들어가는 것을 무력하게 지켜보았다.

✳

＊

10

의식은 밤늦도록 계속되었다. 괴인들이 바닷속으로 사라진 뒤에도 남은 사람들은 해안가를 떠나지 않았다. 진흙으로 온몸을 바른 아이들도, 긴 세월 만나지 못했던 연인과 가족들도 서로를 부둥켜안고 앉아 떠날 줄을 몰랐다.

나는 세찬 바람을 맞으며 악취가 나는 바닷가에 홀로 버려진 채 주저앉아 있었다. 비가 도로 거칠어지기 시작했다. 차가운 밤바람에 비는 눈으로 변했고, 눈과 우박이 섞여 몸을 매섭게 두들겼다.

몸이 벌레가 기어가는 것처럼 가려웠다. 가려움이 상실감 가운데 몰아쳐 나는 성질을 내며 몸을 벅벅

＊

긁었다. 손톱에 피부가 찢겨 나갔다. 나는 피가 난 자리를 다시 긁었다. 눈이 너무 가려워졌다. 그러다 문득 고개를 들어 저 바다 한가운데 우뚝 솟은 바위산을 보았다.

물고기와 플라스틱의 송장이 쌓인 해안가 너머로, 죽처럼 끈적이는 바다 너머로, 큰 짐승처럼 음울한 머리를 드러낸 바위산에 꿈틀거리며 검은 그림자가 일어났다. 그리고 나는 다시 뚜렷이 보았다. '괴물'을. 거대한 몸집을 한 것이 그 섬에서 나를 보고 있었다. 꿈틀거리는 살아 있는 수염을 달고, 심연 너머로 이어진 듯한 눈을 하고.

그 눈이 말하는 듯했다. 너는 그 해안가에 널린 물고기 시체처럼 하찮고 조악한 것이다. 아무 의미도 없는 것이며, 우연히 제가 의미를 갖고 태어났다고 착각한 먼지 부스러기에 불과하다. 이제 너는 무엇 때문에 네가 태어났고, 살아 있었고, 고통받았고, 소망을 품었고, 발버둥쳤는지도 모르는 채 무의미하게 끝장나버릴 것이다. 다시는 존재하지 않고 세상에 아무 흔적도 남기지 않을 것이다. 너는 살아 있거나 죽어 있거나 아무 차이도 없으며, 오늘 나와 마주한 것

✳

만으로도 그 정신이고 몸이고 다 부스러져 없어지고
말 것이다. 네가 오늘 살리고자 했던 아이와 마찬가
지로, 네가 오늘 죽인 내 아이와 마찬가지로.

　감당할 수도 어찌할 수도 없는 극상의 존재와 마주
하고 있는 것보다도, 저 거대한 존재의 안에 어떠한
초월적인 정신세계도 없으며, 동정심도 이타심도, 세
상을 어찌해보겠다는 희미한 철학조차도 없다는 확
신이 심장을 얼어붙게 했다. 저것이 내 목숨을 앗아
갈 때엔 하다못해 쾌락조차도 없이, 몰아치는 폭풍이
나 내리꽂히는 눈보라 같은 무심함으로 가져가리라.
내가 어떻게 살아왔는지는 아무 상관도 없이.

　우박이 더욱 거칠어졌다. 그때 주머니에 든 핸드폰
이 덜덜 떨며 울었다. 나는 무심결에 그것을 주워들
었다. 눈비를 맞으며 한참 안을 들여다본 뒤에야 나
는 이 물건이 내 것이 아님을 깨달았다. 아까 땅에 떨
어진 것을 내 것인 줄 알고 무심코 주워든 모양이었
다. 그리고 내가 쓰지 않은 문서를 넋을 잃고 들여다
보았다.

　뒤에서 스산한 인기척이 났다. 인간의 것이 아닌
소리가 낮고 음산하게 들려왔다. 돌아보니 눈과 우박

이 점점이 내리는 가운데 아가미와 물갈퀴와 지느러미가 있는 괴물 서넛이 나를 둘러싸고 있었다.

이것들은 왜 남아 있는가. 아아, 그래. 아직 할 일이 남은 모양이구나. '적'이 아직 여기에 있으니. 제 종족의 목숨을 빼앗은 '적'이.

나는 이해했다. 그래야 하겠지. 오늘 이 마을에서는 인간이 만든 법도가 다 부서지고 있으니. 오늘 여기는 너희의 법도로 굴러가고 있으니.

하지만 이해하는 것과 받아들이는 것은 별개의 문제였다. 나는 핸드폰을 바지 주머니에 쑤셔 넣었다. 그리고 가장 가까이 다가온 자를 몸으로 밀치고 넘어뜨린 뒤 달리기 시작했다.

돌계단에서 한 놈이 입을 쩌억 벌리고 내 몸 위로 덮쳐들었다. 나는 괴물을 똑바로 보며 종아리에 칼을 깊숙이 꽂아 넣었다. 괴물은 다리를 부여잡으며 뒹굴었고 나는 그대로 돌계단을 기다시피 올라갔다. 다른 괴물이 제 동료를 타 넘으며 달려와 내 발목을 붙잡았다. 나는 그놈의 손목을 찍고 달려 올라갔다. …물에서 막 올라오셔서 팔다리하고 도구 쓰는 법은 아직 못 배운 모양이야, 이 냄새 나는 물고기 여러분들?

골목을 돌자마자 다른 괴인이 앞을 막아섰다. 나는 옆에 높이 쌓여 있는 돌무덤을 발로 차서 무너뜨렸다. 이곳에서 하나하나 돌을 올리며 치성을 드린 모든 분들의 소망에 사과를. 그리고는 돌아서서 빈 슬레이트 지붕 집으로 몸을 굴려 들어갔다. 아우성치는 발소리가 소란스럽게 문 앞을 밟으며 지나갔다. 나는 머리를 두 손으로 감싸고 몸을 최대한 웅크렸다.

기적 같은 정적이 찾아왔다. 오래는 가지 않을 것이다. 나는 빛이 새어나가지 않도록 점퍼를 뒤집어쓰고 내 핸드폰을 켰다.

젖은 핸드폰에는 현준 경사의 메시지와 부재중 전화가 잔뜩 와 있었다.

'누님, 병원에서 환자들이 탈출했나봐요.'

내가 지금 겪은 일에 비하면 한가하리만치 평이한 문자라 위화감이 몰아쳤다.

'긴급 상황이라 지원 요청을 했어요.'

'집에 붙어 계시고, 혹시 지금 밖에 계시면 당장 서로 오세요. 제가 지켜드릴게요.'

적, 우리, 적, 우리, 적….

나는 고개를 숙였다. 생각하기를 그만두었다. 어느

쪽이든 상관없다. 어느 쪽이든 상관없다면 내 편이라고 믿기로 하자. 그쪽이 조금 더 기분이 좋으니까.

'현준 씨, 몸 조심해.'

나는 마지막 인사라는 예감을 하며 문자를 쳤다.

'누님? 누님? 지금 어디 계세요?'

나는 경사의 수신을 차단하고 다른 곳에 전화를 걸었다.

벨이 울렸지만 답은 없었다. 기대한 일이었기 때문에 나는 "삐 소리가 나면 음성사서함…"이라는 말이 들릴 때까지 기다리다가 다시 걸고 또 걸었다. 받는 소리가 났다가 끊어졌다. 나는 다시 걸었다.

다시 받는 소리가 났다. 이번에는 끊어지는 대신 침묵이 이어졌다. 깨진 화면 너머로 독과도 같은 증오심이 뿜어져 나왔다. 그 침묵의 증오만으로도 충분히 생명력이 말라 죽을 수도 있을 것 같았다.

"윤희 씨, 아무 말 안 해도 좋고 욕해도 좋으니 끊지만 말아. 지금 내가 문서 보낼 테니까 받아줘. 제발 받고 지우지만 말아."

우박이 사정없이 슬레이트 지붕을 쳐대었다. 나는 바지에서 다른 핸드폰을 꺼냈다.

131

✳

깨진 플라스틱 그릇에서 게가 기어 나왔고 쥐가 찍찍 울며 구석으로 숨었다. 핸드폰도 물이 먹었고 손도 젖고 차서 터치가 먹히지 않았다. 부채꼴도 하나밖에 안 떠 있다. 나는 휴대폰을 이리저리 돌리며 액정을 소매로 연신 닦아대며 꾹꾹 눌렀다. 전송이 한참을 멈추더니 오류가 나며 꺼졌다. 저쪽에서 낮은 한숨이 들렸다.

"…우리 집으로 와. 숨겨줄 테니."

제발 가라. 이것만 가고 다시는 안 움직여도 좋으니 가라, 제발.

"오늘 지나면 일 벌인 사람들은 다 잡혀갈 거야. 그때까지만 숨어 있어. 집에 들어와 있어."

아냐.

"그게 아냐…."

"…집에 들어와. 이러니저러니 해도 산 사람은 살아야지."

전송 완료 표시가 뜨자마자 전원이 꺼졌다. 긴장이 풀리자 몸에서 힘이 빠져나갔다. 나는 머리를 벽에 거의 부딪힐 뻔하며 쓰러졌다. 됐어. 나는 더 안 움직일 거야. 지금 저 문에서 괴물이 들어오면 그냥 가만

✳

히 있을 거야. 오늘은 힘들어 죽겠으니 마음대로 하라고 해.

한참 만에 내 핸드폰이 울렸다. 흔들어보았지만 액정이 나가서 돌아오지 않았다. 전화기에서 버튼이나 수화기나 다이얼을 없앤 자식은 천국에 못 갔을 거야. 나는 아마도 받기 버튼이 있었을 자리를 더듬으며 건드렸다. 윤희의 목소리가 들렸다.

"무영 씨, 이게 뭐야?"

내가 아까 내 것인 줄 알고 주워 든 우진의 핸드폰에는 보고서 양식을 다 갖춘 문서가 몇 개나 들어 있었다. 연구열 높은 도련님의 전두엽은 여전히 정상이었고 나머지 부분은 다 망가진 듯했다. 그 짧은 시간 동안 이 많은 보고서를 쓴 것부터가 미쳤다는 증거지.

문서에는 이 마을에서 보고 들은 풍경에 대한 방대하고 자세한 묘사가 담겨 있었다. '끔찍하다'든가 '지옥에서 올라온', 혹은 '두 번 다시는 잊을 수 없는 무시무시한', '공포로 심장이 멎어버릴 듯한', '악몽 같은', '악의로 뒤덮인' 같은 묘사를 다 지우고 나면 그럭저럭 사실에 근접했다고 볼 수도 있는 내용이었다.

하지만 공포가 그 사람의 머리채를 붙잡고 흔들어 뒤섞어놓았고, 문장마다 험악한 두려움이 마을 주민에 대한 증오로 변해 비바람처럼 몰아치고 있었다. 문서마다 '격리를 강화할 것을 요망', '최악의 경우 필요하다면 군대를 투입하여 진압하거나 물자 부족으로 죽도록 방치하는 것도 고려', '언론 통제 필요' 따위의 말로 끝나고 있었다. 통화 이력을 보니 이 콩알만 한 간덩이를 가진 인간의 직업 중에 놀랍게도 국회의원 보좌관 경력도 있었다. 가짜 명함을 쓰지 않았다는 전제로 보면, 이 남자는 어쨌든 고위층과 연줄이 이리저리 닿아 있는 사람이었다.

"윤희 씨, 그 남자 마을 못 빠져나가게 막아."

나는 내 입에서 나온 말에 스스로 놀랐다.

"그 남자 말이 먼저 나가게 해서는 안 돼. 우리 쪽 말이 먼저 외부에 나가야 해. 심신 안정을 핑계로 어디든 붙잡아둬. 필요하다면 힘으로라도 막아둬. 핸드폰이 내게 있으니 다른 데 연락은 못 할 거야."

나는 말을 마치고 머리를 붙잡고 웅크렸다. 이제 할 만큼 하지 않았을까? 빌어먹을 신이여, 거기에 있는 게 무엇이든, 이제 되지 않았는가? 이만하면 난

충분히 정신을 붙들고 있지 않았던가? 제발 자신을 놓아달라고, 풀어놓아달라고, 포악한 야수처럼 날뛰는 정신을 이만큼 오래 붙잡아두고 있었으면, 신이라도 내려와서 잘했다고 상이라도 줘야 하지 않을까?

젖은 옷이 몸에 달라붙어 냉기가 뼛속까지 스미고 있었다. 현이를 내주지 않았어야 했다. 같이 바다에 끌려 들어가 죽는 한이 있더라도 끝까지 옆에 붙어 있어야 했는데. 그랬다면 내 정신의 마지막 지푸라기마나 남아 있었을 것을. 그랬다면 내게 지금 살고 싶은 의지가 먼지만큼이나마 남았을 것을.

한참 뒤에 다시 핸드폰이 울었다.

"그 남자…."

"잡으라고 알려놨어. 그렇게 생김새가 멀쩡한 사람은 이 마을 어디서든 눈에 띌 테니까 금방 잡을 거야."

내가 채 묻기도 전에 윤희가 아까보다 한층 침착해진 어조로 답했다.

"…."

"무영 씨, 우리 집으로 와. 아니다, 우리 집은 좀 무섭겠지. 내가 거기로 갈게. 내가 옆에 있으면 다칠 일

없을 거야. 오늘 하루만 지켜줄게. 그 정도는 해줄게."

나는 고개를 저었다. 울음이 터져 나와 말이 잘 나오지 않았다.

"윤희 씨, 나…, 배 타게 해줘."

"무영 씨, 오늘 배 띄울 수 있는 날이 아냐. 그리고 바다로 도망가는 건 좋은 생각이 아니야. 마을 주변은 해경이 감시하고 있고…."

"도망가려는 게 아니야…. 알잖아, 알잖아…."

윤희는 침묵했다.

"제발 나 가게 해줘…. 제발…."

내가 이리도 미쳐버리고 말았는데, 누가 이해할 수 있을까. 하지만 같이 미친 사람들끼리는 이해할 수 있을지도 모른다. 윤희는 긴 침묵 끝에 답을 했다.

"…해원항 선착장으로 와."

나는 바깥이 조용해지기를 기다려 밖으로 나왔다.

우박이 작은 구슬처럼 슬레이트 지붕에 굴러떨어지고, 돌계단 위로 툭툭 떨어져 저 아래에서 그득히 쌓였다. 돌 사이에서 막 돋아난 민들레며 새싹들이 몰아친 추위에 삽시간에 시들고 있었다.

나는 눈물로 흐려진 눈으로 주변을 살폈다. 산허리

에 놓인 등대가 아무 일도 없다는 듯이, 아무것도 보지 못했다는 듯이 주변을 고요히 비추었다. 밤이 내려앉은 해원마을과 바깥은 불빛으로 구분이 된다. 산 저편은 네온사인이 별처럼 쏟아지고 산 이쪽은 침침하게 어둠에 잠겨 있다.

그 가운데에 한 떼의 사람들이 누군가를 토끼몰이하는 모습이 눈에 들어왔다. 가장 앞에서 한 남자가 목숨을 걸고 정신없이 달아나고 있었다. 어둠 속에서도 하우진의 깔끔한 와이셔츠와 회색 양복은 눈에 띄었다. 우진의 뇌를 날려버리고 만 공포와 마을 주민들의 풀려나간 이성 중 무엇이 저 풍경을 만들었는지는 모르겠지만.

행운이 있기를. 가엾은 사람.

11

✳

파도가 아우성치며 휘몰아치는 선착장에는 윤희
가 혼자 찢어진 비닐 우비를 둘러쓴 채 나와 털털 시
동을 걸어놓고 있었다. 파도에 낙엽처럼 뒤흔들리는
어선은 벌써 부서질 것만 같았다. 주위에서는 이끼가
잠식해 썩어 가던 조각배 몇이 산산조각 나서 바다
위에 잔해를 늘어놓고 있었다.

배는 원래 물에 뜨게 되어 있는 물건이 아니야. 나
는 마을 주민들에게 노상 들었던 말을 떠올렸다. 비
바람이 치는 파도는 파형과 파형의 합산으로 한순간
에 예측할 수 없는 곡선을 만들고, 배를 높이 띄웠다
가 추락시키곤 한다. 풍랑 속으로 뛰어드는 뱃사람이

✳

란 태풍 속에서 날아보려는 참새나 다름없다고.

윤희는 말없이 나를 배에 태워주고 물레 키를 쥐어
준 뒤 간단히 이것저것 알려주었다.

"이 빨간 점이 배야. 빨간 선이 진행 방향이고. 선
만 똑바로 따라가. 잘 들어. 파도가 오면 앞에서 맞
아. 옆에서 맞으면 안 돼. 절대 키 빨리 꺾지 말고. 그
것만 명심하면 엎어지진 않아."

윤희는 배를 정박하거나 돌리는 방법은 굳이 알려
주지 않았다. 내가 돌아올 생각이 없다는 것을 알고
있다. 나는 건성으로 끄덕이며 섬을 바라보았다. 저
기까지만 버텨라. 가라앉아도 좋으니 저기 가서 가라
앉아라.

둥그런 창문 와이퍼가 선풍기처럼 돌았다. 스크류
가 돌며 죽은 물고기의 잔해가 부서졌다. 반쯤 부패
한 것들이 뱃머리에서 휴지처럼 찢겨 나가 곤죽이 되
었다.

윤희는 선착장에서 나를 조용히 눈으로 배웅했다.
이해하고말고. 윤희의 눈이 내게 말하는 듯했다. 제
발로 지옥으로 걸어 들어가는 사람의 마음을. 최소한
거기는 이전에 살던 지옥과는 다른 곳이니. 적어도

✳

신선하기는 하니.

파도가 배 위까지 솟아올라 유리창을 치고 갑판 위에 쏟아졌다. 쾅, 하며 배 한쪽에 무엇인가가 부딪혔다. 나는 알아볼 생각을 하지 않았다. 설사 배에 물이 들어찬다 해도 저기까지만 버티면 된다.

배가 섬에 가까이 가면서 팔에 난 두드러기가 사정없이 목을 타올라 얼굴까지 기어올라왔다. 몸에 붉은 홍반이 생겼다가 수포가 올라오며 툭툭 터졌다. 눈이 빠지도록 아팠고 머리 거죽이 벗겨질 듯 뜨거웠다. 안압이 높아지고 눈동자가 부풀어 오르면서 주위 풍경이 변했다. 한 치 앞도 안 보이던 어둠이 걷히고 사방이 불꽃이 연이어 폭발하는 무지갯빛으로 변했다. 빗줄기는 희미해지고 하늘은 눈을 똑바로 뜰 수 없을 만큼 눈부시게 빛났다. 바다 전체가 색종이를 뿌린 만화경처럼 영롱한 빛을 뿌렸다. 바위섬의 기암괴석들은 손에 잡힐 듯 선명하게 보였다. 적어도 이 풍경만은, 내가 일생 보아왔던 그 어떤 풍경보다도 찬란했다.

그리고 나는 그 바위산에 팔을 걸치고 이쪽을 응시하는, 산처럼 거대한 존재를 보았다.

그것의 몸뚱이는 바다 이쪽 끝에서 저쪽 끝까지 걸쳐져 있었다. 미끈미끈한 피부는 괴상망측한 물질로 뒤덮여 있었고, 지느러미와 물갈퀴와 깃털과 날개가 태산 같은 등에 돋아 있었다. 그리고 그 깊고 무정한 눈에는 심해 바닥과도 같은 심연이 잠겨 있었다.

그래, 저것은 화산이 터지고 바다가 뒤틀렸던 그날부터 저기에 있었다. 인간의 초라한 감각으로 인지할 수 없었을 뿐. 가시 영역 바깥의 빛을 뿌리고 있어서 몰랐을 뿐. 하지만 물고기들은, 새들은, 벌레와 조개들은 다 알았을 것이다. 알았기에 공포를 견디다 못해 해안가로 몰려와 죽는 길을 택했을 것이다. 감염으로 신체가 변화한 이들도 알았을 것이다. 아침에 눈을 뜨면 창문 밖에서 버티고 있는 이것을 볼 수 있었을 것이다. 미치거나 달아나거나 자살해버리거나 아니면 숭배하는 것 외에는 다른 길을 찾을 수 없는 존재를.

그래, 알고 있었다.

나는 입가에 미소마저 띄우며 더할 나위 없는 확신으로 중얼거렸다.

역병은 바로 네놈이 퍼트리고 있었다는 것을.

✸

네놈의 몸뚱이에서, 네놈의 무심한 악의에서 병이 쏟아지고 있었다는 것을. 거기 버티고 앉아서 우리를 제 종족으로 바꿔놓고 있었다는 것을. 네 왕국의 주민을 늘리기 위해서. 가라, 이 괴물아. 네가 온 곳으로 돌아가라.

쾅, 하는 아까보다 더 큰 소리가 어선을 뒤흔들었다. 뱃머리가 부서지는 소리가 들렸다. 검은 물이 벌컥거리며 선실 안으로 쏟아져 들어왔다.

나는 산산조각으로 부서져 나가는 배와 함께 산처럼 거대한 괴물을 향해 달려들었다.

12

*

대통령 각하께

○○대학 생화학 박사

대한감염학회 연구위원

동해병자 국고보조사업 예산자문위원

오래된 종족으로부터 인류를 지키는 지식인 모임 대표

하우진 올림

(중략)

*

제가 해원마을에서 간신히 빠져나와 가장 가까운 경찰서로 달려갔을 때, 서에서는 저를 교도소나 정신병원으로 보내려 하더군요. 그럴 법도 하지요. 나중에 서에서 그날 제 신분 조회를 위해 찍은 사진을 보니 꼴이 가관이더군요. 저도 거울 속의 저 자신을 못 알아볼 지경이었습니다. 머리는 산발인데 하룻밤새에 반백이 되어 제 원래 나이보다 한 이십 년은 늙어 보이더군요. 눈은 밤새 시달린 공포로 해골처럼 움푹 들어갔고, 옷은 넝마처럼 찢겨 나갔고, 신발도 한 짝이 벗겨졌는데 그것도 모르고 피투성이 발로 거기까지 걸어갔더군요. 나중에 듣자니 제가 경찰서 바닥에 드러누워 해원마을을 영원히 격리해야 한다고, 격리할 수 없다면 미사일을 날려 주민들을 몰살시켜야 한다고 거품을 물며 아우성치다가 기절하고, 기절했다가 다시 깨어나 소리치기를 반복했다고 합니다. 증거가 다 있다고 고래고래 소리를 지르며 경찰한테 핸드폰을 넘겼는데 젖은 담뱃갑이었다더군요. 아마 사교도들이 제 스마트폰을 훔쳐 가 파기한 것이 분명합니다.

　하지만 저는 제 눈으로 똑똑히 보았습니다. 그 흉

측한 괴물들을, 저 해저 밑바닥에 사는 신을 숭배하는 사교도들이 바다에 인신 공양을 하는 끔찍한 의식이며, 바위섬에 모습을 드러낸 그들의 무시무시한 신까지도요.

그후로도 저는 몇 달간 집 밖으로 한 발짝도 나오지 못했습니다. 잠자리에 들면 괴물들이 쫓아오는 꿈에 시달리다가, 깨어나 지옥의 악마가 나를 죽이러 온다고 아우성치다가 기절하곤 했습니다. 몇 달 사이에 제 몸무게는 이십 킬로그램이나 줄었고, 지금은 침대에서 일어나지 못할 정도로 뼈와 가죽만 남고 말았습니다. 언젠가 저는 결국 이 공포에 기력을 다 빼앗겨 죽게 되리라는 예감을 합니다.

저는 제 남은 기력을 다 모아 어디든 조치를 취해 줄 수 있는 모든 곳에 민원을 올렸습니다. 군청과 시청, 정부 각 기관, 법원, 주요 언론사, 하다못해 대중적인 인지도가 있는 과학자들에게까지도요. 대부분은 답을 듣지 못했습니다. 어쩌면 그 괴물들이 정부 요직에까지 침투했을지도 모른다는 생각을 합니다. 언론사에서 몇 번 인터뷰를 따 간 적이 있지만, 기사가 나와서 보면 제 발언 대부분이 축소되었거나 완전히 왜곡되어 있더군요.

지역 병원장이 감염자들을 불법 감금하고 학대하고 있었고, 증거인멸을 위해 그들을 몰래 살해하려다 되려 분노한 환자들의 손에 맞아 죽었다는 식의 기사는, 일어난 사실을 완전히 축소하고 있습니다.

아, 그날의 일은, 떠올리려고 할 때마다 심장이 미친 듯이 뛰며, 손이 부들부들 떨려 타자를 치기가 어려울 정도입니다.

엊그제 저는 해원마을을 다룬 끔찍하도록 왜곡된 신문 기사를 보았습니다. 기사를 보고 저는 너무나 분노한 나머지 데스크에 전화를 걸어 항의했습니다. 무려 의사 학위를 가진 사람 입으로 어떻게 그런 망발을 할 수 있습니까? 그 기사에는 동해병은 골격 이상과 안면 기형과 악취증을 유발하나 일반적으로 인간의 생명에 위협을 주지 않으며, 주민들은 습기와 냉기가 필요한 것 이외에는 매우 건강하다는 내용이었습니다. 감염은 인간 사이에 일어나는 것이 아니라, 수면에 노출된 옛 지층에서 발산하는 미지의 세균이 일으킨 것으로 확인된다는 내용이었습니다. 그리고 그 바위섬은 한 선원이 배를 타고 들이박아 화재를 일으킨 뒤로 도로 지열이 무너져 가라앉아버렸고, 이후 발병이 없다는 통계를 보여주더군요. 그러면서 이제 해원마을의 격리를 풀고 불행을 겪은 주민들을 다시 우리 사회로 받아들이자는 내용이었습니다.

대통령 각하, 부디 제 말을 믿어주십시오. 그날의 화산 폭발과 홍수는 저 심해 바다에 살고 있던 이계의 종족을 일깨워 지상으로 불러들였습니다. 그 마을 사람들은 이들과 어울려 살고, 난잡하게 성교하고 살을 섞으며, 새로운 종이 될 아이를 낳고 있습니다. 괴물들은 감염병을 기회로 그 마을에 죽은 사람을 대체해서 가족의 일원으로 들어와 살고 있습니다. 격리가 풀려나면 저들의 오물과도 같은 더러운 유전자가 우리 인류의 피에 섞일 것입니다. 먼 미래에 지구에 인간이 아니라 번들거리는 양서류나 파충류의 외모를 한 자들이 득실거리는 풍경을 상상해보십시오. 저 괴물의 유전자가 미세 플라스틱처럼, 합성 화합물처럼 우리의 유전자에 섞여 영원히 인류 사이를 떠돌게 될 것입니다.

아, 누구에게든, 이 공포를 전할 수만 있다면! 젊은 치기와 어리석은 호기심으로 지옥의 구렁텅이에 단

하루 다녀온 것을 계기로, 제 인생은 완전히 나락으로 떨어져버리고 말았습니다. 이 세상에서 저들이 완전히 소각되어 사라졌다는 말을 이 두 귀로 듣기 전까지는 이 지옥과도 같은 고통은 끝나지 않을 것입니다.

정부 기관과 언론은 제 목소리에 귀를 기울여주지 않았습니다만, 그간의 제 노력이 헛되지는 않았는지, 제 주변에는 조금씩 저를 지지해주는 사람들이 모이고 있습니다. 제 다음카페의 회원 수는 현재 십만 명이 넘습니다. 해외 지지자들도 늘고 있습니다. 회원 분들이 만든 위성 단체도 다섯 종류나 생겼습니다. 모두들 여러 음해와 협박에도 불구하고 신념을 굽히지 않고 싸우는 용기 있는 분들입니다. 우리는 유튜브와 전당대회를 통해 제가 겪은 일을 세상에 알리기 위해 노력하고 있습니다.

대통령 각하, 저는 제 활동이 적을 만들고 있다는 것을 알고 있습니다. 그리고 언젠가는 그들에게 살해당할지도 모른다는 두려움 속에서 하루하루를 보내고 있습니다. 제 메일함에는 정체불명의 각기 다른 발신자로부터 협박 메일이 쌓이고 있습니다. 대부분은 제가 하는 일을 중단하라는 내용입니다. 때로는 자살을 종용하는 폭언이 쌓이기도 합니다.

그들은 오래전부터 저를 감시하고 있습니다. 지난 달에 저희 집에 찾아온 중국집 배달부의 피부가 거무죽죽하고 눈이 유달리 툭 튀어나와 있는 것을 저는 똑똑히 보았습니다. 당장 집 안을 전부 소독하고 도청 장치를 찾고, 가게에 연락해서 배달원의 신원을 요구했지만 아무 답이 없더군요. 얼마 전에는 바이러스 알람이 뜬 것을 보고 제 컴퓨터를 누가 해킹했다는 확신이 들어 경찰에 신변 보호를 요청했지만 역시 아무런 답을 얻지 못했습니다.

창문에 흉악한 그림자가 어른거립니다. 누가 제 방 창문을 두드리는 소리가 들립니다. 창문 사이로 두꺼운 손이 들어와 문을 강제로 열려고 합니다. 피부는 죽은 사람처럼 거무죽죽하고, 두꺼비처럼 우둘투둘한 종기가 나 있고, 검게 썩은 손톱이 난 손입니다.

공포가 제 심장을 할퀴고, 마지막 피 한 방울까지 뽑아내는 듯합니다. 아무래도 기력이 쇠해서 환각이 점점 심해지는 모양입니다. 약을 더 먹어야겠습니다. 하지만 저는 이 생명이 다 말라비틀어질 때까지 저들과 싸우는 것을 멈추지 않을….

✳

저… 저….
저 눈, 저 눈…!!

,

*

작가의 말

✴

　계약서에 도장을 찍고 나서 내내 고심한 것은 '무엇이 크툴루이며 코스믹 호러인가'였다. 막상 쓰려니 하나도 알 수가 없었다. 러브크래프트 단편집과 크툴루 관련 서적을 하나하나 읽다 보니 점점 더 모르겠다는 심정이 되었다. 무엇이 '크툴루 같다'는 느낌을 만드는 걸까?

　처음에는 거대한 괴수를 상상했다. 소설의 첫 이미지는 거기에서 나왔다. 하지만 이내 그게 아닌 줄을 알았다. 물리적인 실체가 있고 맞서 대적할 방법을 상상하는 순간 그 이야기는 전혀 크툴루 같지가 않았다.

　지인들과 대화하다가 내린 하나의 결론은 '절대적

인 악의를 가진 전능한 것이 있고, 그 앞에서 아무것도 알 수 없고 저항할 수도 없는 무력한 인간이 체험하는 공포'였다. 하지만 무력함은 내 취향이 아니었기에, 무력하지 않고도 무력해질 방법이 무엇인가 고심하게 되었다. 어쨌든 〈크툴루의 부름〉은 넣을 생각이었다. 거기에는 크툴루를 없애는 방법이 나온다.

〈인스머스의 그림자〉를 읽으며 궁금했던 것은 '마을 주민들이 대체 왜 주인공을 쫓아갔는가' 하는 점이었다. 마을에 들른 사람이 그 사람 하나뿐인 것도 아니었을 텐데. 추격 그 자체를 제외하면 공포는 단지 주인공의 머릿속에서만 발생했을 뿐이라는 생각도 상상을 자극했다. 더해서 마을 주민들은 어떻게 살았으며, 또 어떤 시선으로 주인공을 바라보았을지 궁금해졌다. 단지 이면의 이야기를 그린다고 해도 소설이 원본의 정서를 배신하지 않기를 바랐다. 크툴루 신화를 좋아하는 독자 여러분께 무례가 아니었기를 빈다.

코로나 시대를 맞이하면서 우연히 소설이 현재성을 갖게 된 듯하지만, 당연하게도 소설 속 역병과 코로나는 감염의 양상이 다르다. 그러므로 소설 속 격리의 의미는 다를 수밖에 없다. 역병의 시대에 싸우고 계신 모든 의료진들께 감사드리며, 돌아가신 분들께 깊은 애도를 드린다.

러브크래프트의 일생을 살펴보면, 어릴 때 아버지가 갑작스러운 정신병으로 사망했고, 돌보아주던 외조부도 급작스럽게 사망해 집안이 몰락하고 학교도 졸업하지 못할 처지가 되었고, 어머니도 정신병동에서 연이어 사망했다고 한다. 이런 인생을 살아온 사람이라면, 절대적인 악신이 어딘가에 있고 그 앞에서 인간은 무력하게 불운에 휩쓸릴 수밖에 없다는 이야기에 매혹될 수밖에 없지 않을까 한다. 악신의 존재를 상상하는 것으로 이해할 수도 납득할 수도 없는 자신의 불운을 위로하지 않았으려나 한다.

좋은 기획에 불러주셨으며, 집필하는 내내 격려와 도움을 아끼지 않았던 이수현 작가에게 감사를 드린다. 크툴루 신화에 대한 심도 깊은 토론을 해주신 고범철 님, 그리고 훌륭한 프로젝트로 완성시켜주신 알마 출판사와 끝까지 함께해주신 유승재 편집자께도 감사를 드린다.

✳

P LC.RC

Project
L o v e c r a f t .
Recreate

역병의 바다

1판 1쇄 펴냄 2020년 5월 30일
1판 3쇄 펴냄 2023년 6월 1일

지은이 김보영
펴낸이 안지미

펴낸곳 (주)알마
출판등록 2006년 6월 22일 제2013-000266호
주소 04056 서울시 마포구 신촌로4길 5-13. 3층
전화 02.324.3800 판매 02.324.2846 편집
전송 02.324.1144

전자우편 alma@almabook.by-works.com
페이스북 /almabooks
트위터 @alma_books
인스타그램 @alma_books

ISBN 979-11-5992-299-2 04800
ISBN 979-11-5992-246-6 (세트)

오마주와 전복으로 다시 창조하는
H. P. 러브크래프트의 세계

Project LC.RC